马丁的流浪
一个丢失的小男孩
MADING DE LIULANG
YIGE DIUSHI DE XIAONANHAI

［英］威廉·亨利·赫德逊 著

顾惜之 译

成都时代出版社

图书在版编目（CIP）数据

马丁的流浪 / (英)威廉·亨利·赫德逊著；顾惜之译. —— 成都
: 成都时代出版社, 2013.8（2020.6重印）
ISBN 978-7-5464-0906-1

Ⅰ.①马… Ⅱ.①赫… ②顾… Ⅲ.①长篇小说 – 英
国 – 现代 Ⅳ.①I561.45

中国版本图书馆CIP数据核字(2013)第139191号

马丁的流浪

一个丢失的小男孩

[英] 威廉·亨利·赫德逊 著
顾惜之 译

出品人　　李若锋
责任编辑　　张 旭
责任校对　　曲 骥
插画创作　　徐漫馨
责任印制　　张 露

出版发行　　成都传媒集团·成都时代出版社
电　话　　（028）86621237（编辑部）
　　　　　　（028）86615250（发行部）
网　址　　www.chengdusd.com
设计制作　　夏 末
印　刷　　三河市兴国印务有限公司
规　格　　140mm×210mm 1/32
印　张　　5.75
字　数　　120千
版　次　　2013年8月第1版
印　次　　2020年6月第2次印刷
书　号　　ISBN 978-7-5464-0906-1
定　价　　37.80元

美国版序言

我与赫德逊先生商讨《一个丢失的小男孩》美国版出版事宜时，请他为美国的读者们专门写篇序。他回了我一封很有特色的信。我便按他的建议，把这封信刊录如下。

阿尔弗雷德·A.克诺弗[1]

亲爱的克诺弗先生：

您让我写篇序插在这小书之前，这挺让我发愁的。我这边有个批评家说过，我以前的再版作品序言简直就是临终伸腿子道别[2]，但眼下我并不想伸腿子踹这位可怜的无辜人士。那位脾气糟糕的老妇人——大自然母亲——在某次心情最坏时让我挨了她那么多的掌掴和拳脚，我已经没有体力或心力再伸腿子踹任何东西了——哪怕是踹我自己。

我发愁的是，我对这本书太不了解了。我真的写了这本书吗？是什么让我这么干的？

我在读一卷《手握钥匙的命运之神：写给英国劳工的信》[3]时偶然遇到一个段落，它看上去不错，却读得我一头雾水，直到发现一条脚注，我才松了口气。作者是这么说的："这段话是我多年前写下的，那时在想些什么我已经记不太清了。无论如何，不管我当初干吗写它，如今我都想不出它有啥含义了。"

小人物如我，可以钦美一下大人物，但千万别妄图模仿这些大人物的做派。我静静地想了一小会儿，似乎能回忆起，当初我创作这个儿童故事并从布莱克的诗里找了个题目那会儿，脑子里是个什么想法了。存在于这位儿童主人公半野性灵魂里的东西，也体现在这些诗行里：

"没有人爱别人就像爱自己……而且，父亲，我怎能爱您或我的兄弟们更多？我爱您就像爱门边那只捡拾面包屑的小鸟儿。"⁴

捡起面包屑，飞走。这就是自然天性。

很久以前我就有了份小小收藏——19世纪早期的童书，不算很多。浏览这些书，我真希望我还是个小孩的时候有其中几本能落入我手。我还记得小时候读过的书——特别是其中两三本。和任何普通孩子一样，我很喜欢读这些故事，比如《瑞士鲁滨逊漂流记》⁵，但它们还不是我最激赏的故事。它们忽略了我最爱的特质——大自然本身带给我的些微震颤。这种震颤让我半是害怕，半是着迷，大自然本身就全是奇迹和奥秘。只有那么一回，我在一本书里发现了几分这种罕见的元素，大概是包含在一些荒唐可笑至极的描述里——动物有人的形态，说人话，还有诸如此类的变形和奇想。这些描述永远都不会太过夸张、太不可思议、太难以置信，只要它们表达出了些许我听不见也看不见同类时曾体验过的那种感觉——不论是在广阔的平原上，让海市蜃楼的水光全然包围着我；还是站在成荫绿树间，树上喧嚣着鸟啭和虫鸣；还是驻足水畔，听高高的深色纸莎草丛在风里悄声呢喃。

这些古老记忆把写本书的念头放进了我的脑袋。我想象着这本书会符合我小时候的特殊口味，这是个不可能会出现在我童稚时期想法和冒险中的故事，穿插了一些梦境和幻想，以及两三个本土神话传说，比如丘陵夫人（the Lady of the Hills），她是大平原上岩石山脉的化身神明，这是我从当地的加乌乔人朋友那里听来的——人类的眼睛极少看见这位古怪的女性。她嫉妒人的存在，能够突然制造剧烈骚动，威胁人们远离她神圣的栖所。

这就是关于这个故事的故事。对于您这颗注重实用的出版商脑袋里的问题，不好意思啦，我只能说我不知道。我也没法子知道答案嘛，因为孩子们并不经常给作者写信，把读后感告诉他们。扯了这么多借口之后，我才突然想起，孩子们才不会去读什么前言、简介呢，那是不读童书的成人才会对付的东西嘛，所以不管咋样它都会被抛弃的。如果您还是一定要我写篇序言，我想您只能从这封信里把它给掏出来了。

我还是
您诚挚的

W.H.赫德逊

1917年11月14日

译者序

——献给热爱自然的孩子们，无论你在地球上年岁几何

2011年的除夕，我第一次在古腾堡网站上看到了此书的原版 *A Little Boy Lost*。之前我从未听说过这本书，除了它的作者——威廉·亨利·赫德逊——可是鼎鼎大名的英美自然文学代表人物之一。那时我正在读程虹教授的《宁静无价》，其中收录的《南美旷野之风与英伦田园风光——W.H.赫德逊的远方与往昔》把一位来自南美大草原、一生爱鸟成痴的英伦作家鲜活地带进了我的心湖。

好奇心促使我开始阅读，初时不奢求阅读快感，岂料到后来竟魄动魂惊。他朴素的文字深埋着生命之源的磅礴伟力和丰沛情感，有时温柔静谧似风拂长草，有时激扬澎湃似山呼海啸。当被文字的震撼夺走呼吸时，我会情不自禁地起身，在片刻的茫然后扑倒在小床上，让美妙的惊奇和战栗缓缓离开身体。我多想让你也看见晨景中那些神奇美丽的生命，听到那生命和死亡的大合唱，在高高的山峰上遥望旭日跳出雾人之海！

让时光倒退回1904年的一个清晨。在英格兰诺丁山圣路加路的一座维多利亚中期式建筑里，一位63岁的瘦削老人正坐在书桌前，一面追忆神奇美丽的潘帕斯草原，一面用铅笔和拍纸簿写下小男孩马

丁的荒野历险。这个小小的浪游者一路追梦，像倔强的小兽一往无前。这段现实和幻梦交织的奇幻之旅，那么荒凉，又那么美，每一场相遇的对象都是自然的化身。我深深地感到，某种意义上，赫德森和马丁分明共享着同一个灵魂。马丁既是一只年年漂泊过海的燕子，也是司旅行之神（St. Martin of Tours）的圣名，这两种意象重合叠加，成了他们共同的灵魂烙印。在伦敦，赫德森是位喜欢社交的亲切老人，可一旦脱去面具走进乡野，他就会蜕变成自然之子。他在树林、湿地默默观察鸟类，分享这些天空儿女的自由和快乐，不让任何人打扰他和大自然母亲最亲密的交流。他生命的火花虽然熄灭在1922年，但我会永远将潘帕斯草原上那个深爱自然、深爱鸟类的男孩儿记在心底。

在未确定此书能否付梓的情况下，我在2012年初便满怀热情地开始了翻译工作，直到年中遇见编辑张旭才签下出版合同。因为工作极忙，译稿有三分之一是在客车上草就的。我最大限度地核实了书中的动植物品种，还特意做了份赫德逊年谱，以完成介绍作者的工作。但我毕竟水平有限，还望这番努力能够抛砖引玉。我要感谢作家兼植物学家蓝紫青灰为我答疑解惑，感谢我的朋友画手Azure为译本配了插图，感谢我的编辑为此书作出的种种努力，她想法新不媚俗，还同意把我这些密密麻麻的注解都印出来。

我爱W.H.赫德逊的每一本书，包括《紫土》、《绿厦》、《鸟界探奇》，还有最奇妙的《远方和往昔》，其中《马丁的流浪》最独一无二。这个故事有着半野性的灵魂，是自然文学和儿童文学的完美融合。也许你可以拿它和《小王子》、《爱丽丝梦游仙境》等作品横向比较，但这毫无必要。它是一颗异色的无价宝珠，无需烘托比较，已足够光辉闪耀。

顾惜之
2012年12月

目　录

第一章
家在大平原上

有人想从事某种职业，有人却想从事另一种。世上能做的事太多了，三万六千行，行行不一样。牧人、士兵、海员、农民、车夫……说上一整天也说不到头。从小到大，为了生存我做过很多种职业，但有时也只是为了兴趣。不知怎的，我干什么活儿都好像不是特别对劲、合适，因为我从不觉得满足。我总想干点儿别的事——我想当个木匠。对我来说，站在一地的刨花锯末里，用明晃晃的漂亮工具把长凳上清香好闻的木头做成各种器物，真是世界上最洁净、最健康、最优雅的工作了。这些废话都和我要讲的故事没关系，或者说关系甚微。但我总得做个开场白，便突然想到可以这样开头。其实还有一个理由：他的父亲是个木匠[6]。我说的"他"就是马丁——马丁就是那个丢失的小男孩儿。他的父亲叫约翰，是个好人，也是个优秀木匠，他爱木工活儿胜过一切。说实在的，我要是学了这一行，也会像他那样热爱工作的。他住在一个叫南安普敦的海滨城市，那儿有个大海港，可以看到很多大轮船，有的从五湖四海来到此地，有的在此启程驶往异国他乡。这年头，没有一个强壮勇敢的人会安于现状、固守家园，每天就只是看着船来船往，不时和海客们聊聊轮船去过的遥远国度——他一定会想亲自去看看。冬天的英格兰总是阴雨不断，寒风呼啸，天灰地冷。树木光秃秃的，不知道它们有没有在想：像夏天的鸟儿一样飞到某些遥远国度去该有多好——在那些国家，天空蔚蓝，阳光灿烂，每一天都很温暖。终于，这种事也发生在了约翰身上。他老了，卖了作坊，离开故土。他们去了好几千英里外的一个国家，当然约翰的妻子也去了。海上航程结束后，他们又坐了好几个星期的马车，才抵达他们想定居的这片土地。在这个荒凉的国度，他们建起了一座房子，建造了花园，还栽了一大片果树[7]。这里是一片荒野，没有任何邻居，但他们知足常乐，因为这里想要多少土地就有多少，而且总是天气晴朗，阳光明媚。约翰想做木工了，就可以拿起工具干活。最棒的是，他们还有令人疼爱、挂心的小马丁。

但小马丁本人又怎样呢？你可能会觉得，他没有能一起谈天、戏耍的儿童玩伴，甚至连见都见不到他们，这个家实在太寂寞了。绝非如此！世上没有比他更快活的孩子了！他的玩伴就是狗儿、猫儿、鸡儿，还有房屋内外的各种动物。但他的至爱还是那些生活在阳光下花丛中的羞涩小生灵——小鸟儿、小蝴蝶、小虫子和爬行类小动物。他常在门外高大的野葵花⁸丛中见到它们。那里生长着好几英亩的野生向日葵，茎秆比马丁还高，花朵却不比万寿菊⁹更大。一天里大部分时间他都在花丛中度过，尽情玩耍，开心极了。

当然他也有别的娱乐。约翰一走进木工作坊——这位老人依然深爱木工活儿——马丁就会跑去和他做伴。他喜欢找出几根最长的刨花，缠在脖子、胳膊和腿脚上，又是大笑，又是舞蹈，快活得像个遍身华饰的小印第安人。

对可以在伦敦所有玩具店里挑挑拣拣的孩子来说，一条刨花也许太寒碜了，但它真的非常美妙，非常奇特。它色泽光亮，触感柔滑，上面分布着精致的木纹，卷起来时会让我们想起那些缠绕攀援的植物，那些用爬蔓和匍匐藤支撑自己的卷须植物，以及蜷曲的花瓣、叶子，海里的贝壳，还有许多美丽的小生物。

一天，满脸通红的马丁激动地跑进屋里，手里拿的围嘴儿里兜着什么沉甸甸的玩意儿。

"你拿着什么？"父母同时叫了起来，起身去看他拿着什么宝贝。因为马丁总是会拿最稀奇、最离谱的东西给他们看。

"我漂亮的小刨花。"马丁骄傲地说。

他们一瞧不由大惊失色——围嘴儿里头正舒舒服服地盘着一条斑点绿蛇[10]。它似乎不喜欢被这样看着，好奇地抬起了心形头颅，向他们咝咝地吐出分叉的小红舌头。

母亲大叫一声，手里的水壶摔到了地上。约翰立刻冲去拿大棒子："扔掉它，马丁！趁它还没咬你，快把这恶蛇扔掉，我要立马打死它。"

马丁瞪大了眼睛，对他们惊慌成这样感到不可思议。然后，他抓住围嘴儿四角，一转身，飞快地逃走了。父亲拿着棒子出门追他，一直追进高高的野葵花丛里。马丁不见了。找了好一阵，他才发现了这个坐在野草地里的"小逃犯"。

"蛇到哪儿去了？"他叫道。

"走了！"马丁挥舞着小手，"我把它给放了，别再找它！"

约翰一把将他抱起，大步流星回家，将他砰地丢到地上，好好训斥了一番。"那毒物没咬你真是谢天谢地。"他说，"你这小东西，玩蛇真是淘气过头了。它们是危险的坏蛋，咬你你就完了。现在立马给我上床睡觉！对你这冒冒失失的小捣蛋鬼，也只有这种惩罚有点儿用了。"

马丁皱起眉头叫了一声，爬进了他的小房间。大白天的，还没困就上床睡觉，实在太困难了，小鸟儿、蝴蝶儿还在外面的阳光下玩得那么开心呢。

"骂他一点儿用都没有——我早就发现了。"约翰夫人摇头道，"你知道吗，约翰，有时我忍不住会想，他根本不是我们的孩子。"

"那你觉得他是谁的孩子？"约翰问。他追马丁跑得太热了，正拿起一杯水，想喝下去降降温。

"我不晓得。但有一回，我做了个非常稀奇的梦。"

"人有时是会做稀奇的梦。"聪明的老约翰说。

"但这个梦太稀奇了，记得当时我就对自己说，如果连这个梦都算不上预兆，那梦这种东西就没什么意义了。"

"梦是没什么意义。"约翰说。

"那还是在英国，就在我们准备坐船出国的日子里。而且是秋天，鸟儿正离我们而去。我梦见我独自出门，漫步海畔，驻足看大群的鸟儿滑过海面，或在海上翩飞，飞向那遥远的土地。我注意到，有一只鸟儿飞得越来越低，好像想落下来。我看着它，它就笔直地冲下来，一头扑进我的胸怀。我伸手抚摸它。这么近地看着它，我才发现这是一只圣马丁鸟[11]，喉咙胸口都是纯白色，背部也有一块白。接着我就醒了。就因为这个梦，我给孩子起名叫马丁。现在，每当我看着燕子飞来飞去，经过这座房子，就会时不时地想，马丁就像梦里那只鸟儿那样来到了我们身边，总有一天他又会从我们身边飞走。我是说，等他再大一些。"

"你的意思应该是，等他再小一些。"约翰大笑，"不，不，他可比燕子大多了——米迦勒节[12]的烧鹅也没他大。我光在这里听你说那些傻梦了，还没给甜瓜和黄瓜浇水呢！"他出门走进园子，立刻又探头进来："你要乐意的话可以叫他起床了。那可怜的小家伙！不过他得保证，不喂斑点蛇吃东西，也不把它们带回家，因为蛇总是让我不怎么舒服。"

第二章
琵鹭和鹭云

毛地黄

马丁一天天长大了，力气也与日俱增。现在他差不多有七岁了，活动的领域已经扩展到了果园栅栏外的荒野。荒野上生长着大片野花野草，其中就有马丁最爱的野葵花。野鸡冠花[13]摇曳着深红的大鸡冠，黄花芥菜[14]高过了最高大的男人。还有超级大株的蓟[15]、叶子带斑点的野南瓜、一丛丛开着黄色吊钟花的毛茸茸的毛地黄[16]、叶子像羽毛的茴香[17]，以及色泽灰绿的大丛曼陀罗[18]——它结的刺果里裹满红亮的种子，长形的白花滑腻如蜡，只在傍晚时分悄然绽放。这些植物实在太高了，马丁的个头永远都无法长到能看见它们顶端的高度。可他还是在这片繁茂纠结的荒草地中开出道路，来到了野草森林的尽头。那是一片与蓝天相接的广阔草原，几乎看不到一棵树木。乍见如此浩瀚的原野，马丁惊喜交集地凝望着它。就在果园和野草地后面有段河坡，坡下一道河水蜿蜒流过[19]。坡上长满了茎条墨绿水滑的灯心草[20]和黄色的睡莲。两侧潮湿的河岸上开满了那些从不在旱地上面现身的花朵：蓝星星[21]，绯红雪白的马鞭草[22]花，五颜六色的香豌豆[23]花，精致脆嫩的红醋花[24]，天使之发[25]，一种被人们称作"玛利之泪"[26]的百合属小香花，还有东一簇西一簇的高大香蒲——它们高出蓝草[27]丛许多，炫耀着自己明黄的花朵。

每天马丁都会跑下坡去，在河边采集花朵和螺壳。他总能找到许多棕色带紫色条纹的精巧螺壳，也爱看小鸟儿们在灯心草间筑起芳巢。

有三只小鸟儿似乎不知道马丁爱着它们。一旦他的身影在河边出现，它们就急慌慌地扑翅飞走。最漂亮的是只极其玲珑的绿背小生灵，羽冠猩红，一道天鹅绒般的黑带横过亮黄色的胸脯。它的嗓音柔软、低沉、如怨如诉，清澈得像一枚银铃。第二只是个活泼的灰黑色小家伙，会响亮地、愤愤不平地"咯咯"叫。它有一扇宽阔的尾羽，

总是不停地打开又合上，像一位玩弄扇子的西班牙淑女。第三只是羞涩而神秘的棕色小小鸟，它从密生的草叶间偷偷往外看，发出大钟指针走动那样轻柔的"嗒嗒声"。它们就像三个人——一个意大利人、一个荷兰人、一个印度人——在一块交谈，人人都说母语，却仍能顺畅沟通。马丁听不懂它们在说什么，可他怀疑它们是在说他——马丁担心那些话不怎么中听。

最终马丁发现，溪水在不断地流动。如果把一片叶子丢在水

上，它立刻会被冲走，随水颠簸起伏，没耐性地摩擦碰撞任何阻挡它的东西，直到挣脱阻碍继续畅流，很快就消失不见。这些泛着涟漪的长流水，是要到哪里去呢？他急于找到这个答案。最后，他终于抛下了所有的恐惧，一路沿河奔去。途中他不断看见很多从未见过的美丽事物，激动不已，它们也吸引他不断前行。他一直跑到离家好几英里远的地方，那里有一个巨大的湖泊。它是如此的宽广，几乎一眼望不到边。这里非常美丽，到处都是鸟——不是在灯心草丛中飞进钻出、见人就逃的胆怯的小鸟，而是极少会注意到他的仪态雍容的大鸟。远处的碧蓝湖面上散布着许多的野鸟，其中最美丽最优雅的是一只白天鹅[28]，它有着黑色的头颈和深红的喙。湖上也有一些悠闲自得的火烈鸟[29]，在及膝深的浅水中迈动长腿，高视阔步。离岸更近的浅水里一动不动站着一群群玫瑰色琵鹭[30]和一些独来独往的大灰鹭。还有一群群白鹭和数目众多的彩鹮[31]——它们的翅羽是墨绿色和紫色的，喙就像一把长长的镰刀[32]。

　　看到水上大片的灯心草和开着花的高大芦苇，还有这么多这么多的鸟，马丁满心欢喜。但更多的惊喜又即将接踵而至。扔掉鞋子，他大叫一声冲进湖水，惊起许多朱鹮[33]。它们腾翅飞起，每一只都将附和着叫喊上无数遍，这种合声听起来就像他的老父亲在大笑。老约翰笑得声音嘹亮而且真心愉悦的时候，笑声听起来就是这样的。马丁惊讶了，他听到自己那声叫喊和朱鹮群"哈、哈、哈"的合鸣在湖面上不停地重复，重复。起初他还以为是其他鸟儿在模仿朱鹮，于是又喊了一声，湖上又有几十个声音在重复他的叫喊。他开心极了，竟花了一整天在湖边大叫，直到喊得喉咙嘶哑。

　　他回家说起这番奇妙体验时，父亲说他听到的只不过是灯心草丛的回声。但他听了这番解释后并没有变得聪明一点，这些回声对他而言依然是一个持续发生的奇迹，是永不令人失望的欢乐源泉。

　　他每天都会拿些能发声的东西去湖边制造回音。一枚父亲给他做的哨子撑了一段时间。之后他又换了把戏，一下冲上湖岸，一下冲到湖里，大力摇晃一只装了数颗卵石的锡罐子。后来他又拿了厨房的大平底锅，用棍子天天敲，持续了大约两星期。最后，这些声音他都听厌了，想找个能引发回声的新玩意儿，立即便想到了父亲的枪——那正是他想要的，因为世界上没有比枪更喧闹的东西了。于是，他悄悄走进放枪的房间，成功地把它偷了出来，没有被父母发现。想到可以用这杆沉重的枪来一次最心仪的狩猎，他满心欢喜并期待，拔腿极速飞奔。

到达湖畔时，那里有三四只琵鹭。这种高大美丽的玫红鸟儿正立在湖岸，沐浴着灿烂的阳光静静地打盹。见他来了，鸟儿并没有飞走，因为它们已经对马丁和他无害的噪音习以为常，极少会注意他了。马丁单膝跪地，举枪指着它们。

"来吧，小鸟儿们，你们都不知道我会怎么吓你们一大跳——闪开！"他大叫着，扣下扳机。

响亮的枪弹声荡过整个湖面，在鸟族中激起了一场巨大骚动。它们振翅飞起，发出一阵穿空裂石的齐声悲鸣。

这一切都对马丁没丁点儿好处，枪的后坐力竟撞得他腾空飞

起。在他起身回神之前，四野寂无回响，受惊的鸟儿们又都飞落湖中。可是，就在他面前躺着一只琵鹭，它巨大的玫红翅膀正在地上扑腾。

马丁跑了过去，满心刺痛，却无力相援。它肋下的枪眼正急速涌出生命之血，把青青草色染成深红。不一会儿，它就闭上了那双红宝石般的美丽眼睛，颤抖的翅膀也渐归沉寂。

马丁坐在旁边的草地上哭了。噢，这只大鸟有他半截儿高，它活着的时候无数瞬间都比现在更可爱、更强健、更美丽——他杀了它，它再也飞不起来了！他小心翼翼地抱起它，亲吻它——亲吻它浅绿的头颅和玫瑰色的翅膀。可它掉出了他的怀抱，滚落在草地上。

"啊，可怜的鸟儿，"他突然叫了起来，"张开你的翅膀飞走吧！"

可它已经死了。

马丁站了起来，环视这围绕着他的广阔风景，一切都变得陌生、灰暗而哀伤。一个影子掠过湖面，灯心草丛中传出一声低喃，像谁在说着什么他不懂的话语。他的心头涌起一声痛楚的高呼，到达唇边却已微如耳语——他被吓得静了下来。他再度埋身草丛，抱起这胸脯粉红的鸟儿，小脸紧贴着它哀哀抽泣起来。这贴着他脸颊的死去的鸟儿是多么温暖啊，可它再也没法活着和其他同伴一起飞翔了。

终于，他站了起来，陡然明白了地上的变化因何而起。西南天空冒出了一片乌云，迫近地平线，离这里还十分遥远。乌云边缘触到了低悬的夕阳，掩去了几分日色，向前方遥遥投下一个巨大的暗影。这个巨影飞掠在大地上，盖住了整片湖水。湖水看上去寒冷平静，像一块光净的玻璃，倒映着一动不动的灯心草丛、野草密生的湖岸和坐在湖岸上的马丁，他怀里依然紧紧地抱着死去的鸟儿。

那片巨大的乌云在飞影之上迫近相随，越来越迅疾，越来越庞大，颜色由黑渐变岩灰。阳光从庞云下缘喷薄而出，整片云彩都染上了一种灿烂的玫瑰色。庞大至极的彤云广覆第三重天，形似翅膀的两端几乎触及地面，此番奇景多么恢弘壮丽！马丁一动不动地凝望着它，他看到那形状就像一只横掠苍穹的巨大琵鹭！若能跑开躲藏起来，不要看到这一幕，他会很高兴的，可他不敢动弹，因为它就在他头顶上空。于是他躺倒在草地上，把脸埋进死去鸟儿的羽翼，在恐惧和颤抖中默默等待。

　　他听到了那对巨大翅膀的呼啸风声：扬起的大风重击湖水，如飓风过境，灯心草被刮得纷纷伏偃，所有野鸟齐发一声嘹亮惊啼。它过去了。马丁抬起头再次张望时，太阳这个巨大的红球已经快要触及地平线了，它光芒闪耀，光辉铺遍了大地和湖水。巨大的云鹭渐行渐远，飞到九重高天的另一端，很快便淡出视野，消失不见。

第三章
追逐飞动的人影

那件事发生以后，马丁再也不能带着往日的心情去湖边看大鸟涉水、游泳了。一到故地，他就会觉得全身血液骤然冰冷。那只被他杀害、又令他为之恸哭的玫瑰色琵鹭，那片让他惊骇不已的巨大鹭云，他会永远铭记在心。他已经厌倦对回声喊话了，因为他发现世界上还有极多比湿地回声更奇妙的东西，而且世界要比他想象的更大。当春季带走了它潮润的新绿，以及柔脆芬芳的花朵，大平原开始渐变为铁锈色，干硬的土地满是裂痕。随着白昼变长，天气变热，一抹水光来到了好奇的马丁眼前。它闪烁着，跳跃着，引得马丁每天都离开家门白白跑上好几英里，想弄清楚它到底是什么。他满心只想着它，一天到晚问个不停。父母告诉他，这奇怪的东西不过是蜃景[34]而已。但这种解释对他来说当然远远不够。于是，这个新的奥秘还是困扰着他的小脑袋，就像曾让他困惑不已的回声之谜一样。此刻，在这干旱无水的平坦原野上，这片蜃景像水波一般闪烁的白光，一直在他眼前闪动、跳跃，将他四面包围。它没有片刻静如止水，总是粼粼闪烁，漾起微波，形成浪峰，浪花像喷泉一般飞溅珠玉，挥洒片片灿烂珠雨，在阳光里璨若熔银，然后分崩离析、消散无影。水光中又会溅出新的珠点，周而复始。蜃景出现在每天日头高悬、热浪滚滚的时候，常被称为"假水"。正因它只是幻象，所以不管马丁怎么追赶，蜃景都会飞在他的前方。看上去他似乎离它越来越近，可实际上他永远都追不上它。但马丁拥有一个作为小男孩儿的非常坚定执著的灵魂。尽管他每天都会被这虚幻的水光捉弄一百遍，一次次地看着它的光辉美丽在眼前消失，但他不会放弃追寻。

有一天，炽热、广阔的天空没有一片云，没有一丝风。万籁俱寂，枯黄死寂的草地上甚至没有一只蚂蚱在跳跃，整片平坦大地都像银色的湖水一样闪闪发光，马丁从未见过地面这般闪耀。他已经离家太远了——以前他从没跑得这样远过——可他还在跑啊，跑啊，跑。那片白光依然颤抖着、闪烁着，一直飞在他前方，甚至看上去更近了，不断诱惑着他，鼓舞他加油奔跑。到最后，马丁累得精疲力竭，也热得不行了。他坐下休息，想到它居然这样又骗他又逗他，觉得非常伤心，流出了一滴小小的眼泪。这滴眼泪并没有什么问题——他感觉它像只小蜘蛛一样痒酥酥地滑下了面颊，然后终于看到它掉了下去。它落在一片枯黄的草叶上，顺着叶片滑了下去，然后稍稍一停，好在落地前聚成一颗小小的水珠。就在这时，一只灰蒙蒙的黑色小甲虫从草根下爬了出来，开始吮吸那滴泪水，小小的触角就像驴耳朵那样上下摇动，显然非常高兴。因为在这么个干旱焦渴的地方，它居然有幸找到水并痛痛快快地喝上一场。它大概把这滴眼泪当成刚刚从天而降的一滴雨了。

"你真是个好玩的小家伙！"马丁大叫起来。他觉得没那么想哭了，还有点想笑。

小甲虫喝饱了，恢复了体力，又顺着草叶向上爬去。到达草尖时，它积满灰尘的黑翅鞘略略一抬，紧贴其下伸出一对干干净净收着的轻薄膜翅，然后"嗡"地飞走了。

望向飞走的甲虫，马丁的眼睛又被"假水"的强烈闪光晃花了，它离他好像只有几码远。最奇怪的是，水光中竟然出现了一个人的形象——那是个光闪闪的美丽人形——可当马丁定定地看着它时，它就消失不见了。马丁又站了起来，朝那似乎不断在嘲弄他的飘移着的蜃景飞奔，跑得比哪次都用力。每回停下脚步，他都以为可以再次见到那个人形了，可是它有时像光明中的一个淡蓝色阴影，有时自身闪耀着极盛的光芒，有时却只能勉强看出轮廓，就像玻璃上的浮雕，而且总是定定地看着就会消失。也许蜃景的白色水光就像一面镜子，他只是在追逐自己的影子。这我说不清楚，但那总是出现在马丁面前的，就是一张俊美的男孩儿面孔，有着凌乱的头发和欢笑的嘴唇，身上则穿着光影跳跃的飘动长袍。它似乎总是向他挥手致意，用明亮喜悦的眼神鼓励他向它跑来。

最后，中午的时光过去了，马丁在一小丛灌木边坐了下来。这丛灌木实在太小了，它的阴凉刚刚只够盖住马丁，连一丝儿余裕都没有。这一点小小的阴影，就像阳光之海中的一个小岛。马丁又热又累，已经跑不动了，累得连睁着眼睛的力气都没有了。他靠在小灌木的茎干上，闭上了又累又热的眼睛。

第四章
聋老汉发现了马丁

马丁觉得自己才合眼休息了一分钟,但实际上他肯定睡上了好一阵子。因为当他再度睁开眼睛时,"假水"已经消失了,太阳看上去非常的大,非常鲜艳,已经沉沉西垂。他站了起来,感到渴极了又饿极了,脑子里也困惑不已。因为他已经离自己的家那么远,那么远了,在大平原上迷失了方向。就在这时,他发现有个男人正骑马而来。那是个模样非常滑稽的老头儿,长了张皱巴巴的黧黑老脸——风吹日晒不断给它上色添皱,直到它看起来像是一块被扔到没人注意的地方躺了数年的古老鞋皮，巴西胡桃都不能比这老头儿的脸更黑更皱了。他乱蓬蓬的长胡子原来也是白色的，但户外的阳光和茅屋里的烟尘给它染上了黄兮兮的颜色，使它如今看上去像一把干不拉唧的枯草。他穿了双大长筒靴，靴子上下都打着补丁，满是裂缝和破洞。他身上那件特大的藏青色双排扣粗毡夹克，不但已经褪色而且破旧褴褛，上面钉的角制钮扣大得像茶托。他那顶老旧的无边帽像个破破烂烂的茶壶保温套套在头上，为防止它被风掀掉，还用条旧的法兰绒衬衫袖子把它系在下巴颏上。马鞍和他身上的衣服一样破旧，上面满是补丁，一缕缕马毛和里面填塞的稻草从七七八八的裂缝里冒了出来，脚下踩的大马镫是用线绳和铁丝绑在一起的木头和锈铁做成的。

"孩子，你呆在这里干啥？"这老头儿声嘶力竭地大叫。因为尽管他聋得什么也听不见，他还是和很多耳聋的人一样，认为有必要叫得非常响，好让自个儿听到。

"我在玩儿。"马丁回答。可老头儿听不见他在说什么，他只好踮起脚尖，拼命大喊："在玩儿！"

"在玩儿？！"老头儿惊呼，"啊哈，我这辈子都没在这旮旯玩过！除了我家，这儿好几里[35]地都没个房子，他还说他在玩儿！"他又喊道："你是什么人？"

"一个小男孩！"马丁大叫。

"我问你之前就晓得了，"老头儿说。然后他惊讶地一拍大腿，举起一只手来，最后咯咯地笑了。"你会和我一道回家不？"他喊。

　　"你会给我东西吃吗？"马丁反问。

　　"嚯，嚯，嚯。"老家伙大笑。这笑声响得吓人，又嘹亮又空洞，马丁都惊呆了，几乎被他吓着。"啊哈，我从没这么干过！"他说，"他也不是个傻子，不是。好了，老雅各，别急，慢慢来，想一会儿再答。"

　　这古怪的老头儿名叫雅各，他孤身一人住了太久，所以总是习惯把想法大声喊出来，喊得比一般人说话都响——因为他是个聋子，听不到自己说的话，就以为别人也听不见，从不疑心别人会把自己的想法听去。

　　"他走丢了，就是这个样子。"老雅各继续高声对自己说道，"另外，他曾是个什么人，现在他不是啦，他把自己家的事儿统统忘光啦，他想要的只是搞点什么来吃。我要把他带回家养起来，这就是我要做的——因为他是只走失的羊羔子，谁找到就归谁，就像我捡来的其他羔子。我要让他相信我是他的老爹爹。因为他还小，你告诉他什么，他差不多都会信。我要让他学家务——烧开水、煮羊肉、捡柴火、缝衣服、洗衣服、打水、挤羊奶、挖土豆、放羊，还有——还有——这就是我要教他做的。然后，雅各，你就可以坐下抽烟斗了，因为有人帮你干活啦。"

马丁平静地站着听他说每一句话，他还不太明白这老头儿的一片好心。然后老雅各就向他保证会给他东西吃，一把将他拉到马上，驱马疾驰踏上回家的路。

很快他们就到了一个泥巴屋前面，屋顶铺着灯心草，坡度很大，屋檐低得好像可以一脚踩上去。屋子四周绕着一道沟渠，有一小片种了马铃薯的地，还有一个羊圈，因为老雅各是个牧羊人，他养了一群羊。那里还有好多条大狗，

马丁一从马上下来，它们就蹦跳着围上来，开心地"汪汪"叫，好像从前就认识他，粗野地扑到他身上舔来舔去，马丁都被它们弄得快窒息了。雅各带他进了小屋，屋里真是脏乱得要命，完全没被好好照管，而且只有这一个房间。四个墙角都堆着羊皮，有一股相当难闻的浓烈骚气。灯草铺的天花板上结满了落满灰尘的蜘蛛网，它们像破布一样挂在上面。泥巴地上乱丢着骨头、木棍和其他的垃圾。他能看到的唯一一件美好的东西，就是壁炉炉火上那把茶壶，它正在欢快地唱着歌、冒出热汽。老雅各动手准备晚餐，很快他们就坐在一张冷杉木小桌子前，吃起了冷羊肉和土豆。茶里放了受潮的红糖，味道不怎么好。可马丁已经饥不择食。他吃喝的时候，老头儿不停地咯咯笑，大声对他自个儿说，他的运气怎么这么好，捡了个小男孩儿来给他干活。饭后，老头儿擦净了桌子，摆上两大杯茶，然后拿出了泥烟斗和烟草。

"好啦，小孩儿，"他叫道，"我们来过个快活的夜晚吧。祝你身体健康，小孩儿。"他端起茶，叮当碰了下马丁的杯子，然后呷了一口茶。

"想听首歌吗，小孩儿？"吸完烟斗，老头儿问道。

"不。"马丁说道，他正觉得昏昏欲睡。但雅各把他的"不"当成了"好"，立马就站起来，唱起了歌：

我的大名叫雅各，雅各是我的名。
尽管年纪大了，老汉儿心犹壮——
空气是多么清新，你都看到了吧。
天苍苍啊野茫茫，大平原上我放羊，
我唱上一整天啊，羊儿听了多欢畅。
我从不会弄丢羊，才不像小波比[36]，
因为它们是啥调调，我都知道哩。

当冬天来到了，风儿呼呼刮，
我对羊可是那么的好——
我总对它们好，你都看到了吧——
嗐，羊啊，我说呀，公羊也好，母羊也罢，
我唱了整一夏，让你乐哈哈。
现在借我一张皮，或者是两张呗，
让寒冷湿气都闪开，离我远远的吧。

　　他一边大声吼唱，一边在桌上咣咣敲，声音刺耳得可怕。很快所有的狗都冲进屋来汪汪叫，阴森森地狂噪，这似乎让老头儿开心极了，好像对他来说这是一种赞扬。但这噪音可让马丁受不了啦。他堵上了耳朵，直到表演结束才把手指头放下来。唱完歌，老头儿又要为他跳舞，因为他还没尽兴。

"孩儿，你会用这个奏乐吗？"他举起炒菜锅和可以用来敲锅的大棒子叫道。

马丁当然会演奏那件乐器了。有段时间，他天天在湖边敲个差不多的锅子来引发回声，都敲腻味了。于是，老头儿一把将他抱到桌上，马丁就抓起锅柄，操起棍子，精神抖擞地敲了起来。这回他是帮忙，所以他并不在乎这有多吵。与此同时，老雅各开始朝各个方向猛甩胳膊腿儿，就像个被线绳牵引的稻草人在上下左右地扑腾。他用笨重的老靴子猛砸泥巴地，直到整个屋子都尘土飞扬。兴奋之中，他踢翻了所有的椅子、盆罐、茶壶以及其他一切挡路的玩意儿，一圈圈地绕着桌子跳某种疯狂的方丹戈舞[37]。马丁觉得这相当好玩，他又是尖叫又是大笑，把"锣"敲得更响了。更糟的是，老雅各还时不时欢呼大叫。他一叫，狗儿们就会在门边用长嗥回应他，最后这吵闹声听起来都有些可怕了。

终于，他们都累了。他们休息了一会儿，又喝了些冷茶，就准备上床睡觉了。角落里堆了好几张羊皮，供马丁躺在上面。老雅各拿了条马鞍毯给他盖上，还非常仔细地替他掖好被角。然后，这位善良的老人走到房间另一侧，躺到了自己的床上。

　　大约子夜时分，马丁被房间里可怕的声响惊醒了。他吓得浑身发抖，在床上坐了起来。响声是从老头儿鼻孔里发出来的，就像一只羊角号在一阵阵地猛吹——而且这只羊角还粗糙不平，形状扭曲，做成的号也糟透了。一发现噪音来源，马丁就爬下了床，想叫醒这打鼾的老头儿。他冲他耳边大喊，拽他的胳膊腿儿，最后还拉扯他的胡须，但老头儿拒绝醒来。于是，马丁脑瓜里闪现了一个极妙的主意。他摸索着找到了壁炉边那桶冷水，用力抱起水桶，将水尽数泼在了睡得正香的老头儿身上。

　　鼾声乍然变成了叫喊，夹杂着"咳咳咳"的响亮喷嚏，然后消停了。马丁对他的实验成果非常满意。他刚要回床上去睡，老雅各挣扎着坐了起来。

　　"阿嚏，快醒醒，孩儿！"他叫道，"我的床怎么满是水啦！天晓得它打哪儿来。"

　　"我把水泼在你身上，好把你叫醒。你知不知道你的鼻子多大声啊？"马丁尽力高喊。

　　"你——你——你泼在了我身上！嚯，你这顶顶邪恶的小恶棍啊你！你泼在我身上是不是！"他连珠炮一样喷出一长串骂人话，马丁也被吓得大叫起来："嘿，你真是个淘气邪恶的坏老头儿啊！"

屋里太黑了，老雅各看不到他，但他知道该怎么走。于是他抓起了那条当被子盖的湿毯子，摸到马丁床边，用毯子打起了床。他以为这个淘气的小男孩还在床上呢。

"你这小捣蛋鬼，希望你喜欢这个！这个！还有这个！"他大叫着抽来甩去。"我让你拿水泼你可怜的老爹爹！我可是个多么，多么慈祥可亲的父亲啊，给他吃这么好的羊肉片，还——还给他唱歌跳舞，教他音乐。就这么静悄悄地挨着吗，也许你想再来一点儿？好吧，那就，再来！再来！再来！啊呀！怎么这个——这个小恶棍压根不在这！好吧，要是啥都没打着，我可要气炸啦！他为啥要拿水泼我？等明早天亮，看我怎么揍他！现在，孩子，你可以去睡我的床了，因为它都湿了，你看到了吧。我要睡在你的床上，因为它还是干的。"

然后他躺到了马丁床上，咕咕哝哝，嘟嘟囔囔，终于睡着了。马丁从桌下爬了出来，非常隐蔽地穿好衣服，然后悄悄爬到门边想要逃走。门锁了，钥匙不在那儿。可他已经决定，无论如何都要跑路，不想再等着挨抽了。于是，过了一会儿，他把那张冷杉木小桌子拉到了墙边。他爬到桌上，开始一把一把地揪下草屋顶低矮处的灯心草。干了半小时后，他就像一只关在软木箱子里想咬洞出去的小老鼠，终于看到光线漏进了洞口。又过了半小时，洞已经大到可以让他钻出去了。他爬出洞眼滑下屋顶，正好滑到了狗群趴着的地方。它们看起来非常高兴见到他，围上来挤成一圈舔他的脸。可他推开了它们，拔腿奔向平原，有多快跑多快地逃走了。星星闪烁着，但外面非常的黑，非常寂静。只有在经过草长得很高的湿地时，他才会听到蟋蟀们轻轻弹奏着竖琴。

最后，他跑得筋疲力尽，蜷在一大丛枯草间沉沉睡去了，就好像他一生都惯于露宿荒野。

第五章
蜃景中的人

在马丁出生的那片遥远土地上，阳光灿烂，气候温暖，土壤肥沃，没有人会长期地忍饥挨饿，哪怕是个在大草原上孤身迷失的小男孩。因为那里有一种很有用的小草，小叶片长得像三叶草，会开出一朵漂亮的黄花，地底下有一颗吃了有益健康的甜根，就像枚珍珠白的鸽子蛋[38]。那片荒凉国土上移民的孩子对此非常了解，他们总是游荡在平原上找甜根来吃，就和城镇里的孩子总是捏着半便士铜币奔向糖果店一样。这种漂亮的白色块根汁水很多，又能充饥又能解渴。第二天

早晨，马丁醒了，他在他睡觉的地方旁边找到了一大堆这种三片叶的
小草，它们为他提供了一顿相当不错的甘甜早餐。等吃饱了，他又在
草地上打了好几个滚，再次踏上了旅途，向日出的方向极速飞奔。作
为一个小男孩儿，他跑得相当得快，但最后他还是跑累了，坐下休息
一会儿。然后他又蹦了起来，继续小跑前进。这种步调他保持得非常
稳定，只是时不时会停下来看看。出于好奇，有一群白色小鸟一整个
上午都跟着他。到后来，他终于觉得太热、太累了，只能缓下来慢慢
走路。但他依然没有停止前行。在他走过的地方，看不到花，也看不
到其他的漂亮东西——那是为何还要待着不走呢？他要前进，前进，前
进，不顾炎热地前进，直到他遇到什么东西。随着时间推移，天越来
越热，周围的土地也变得更加干旱贫瘠。最后，他来到了一片寸草不
生的土地上。这是一片广阔、贫瘠的平原，覆盖着一层薄薄的盐霜，
在阳光下闪闪发亮，晃得马丁的双眼发晕发疼。这里没有多汁的甜根
或浆果可供恢复体力，马丁也找不到一株灌木可为他提供一点小小的
阴凉，保护他不被正午灼人的太阳晒伤。他看到远处有一个巨大的黑
色物体，还以为是一株树冠浓密的灌木，便拔腿向它奔去。但就在他
要靠近的时候，那物体突然动了，挥舞灰、白羽毛的巨大翅膀，就像
挥动风帆一样，飞快地在平原上逃走。那是一只鸵鸟！

　　现在这片毫无遮掩的灼热土地看来就是"假水"的大本营和栖

息地。虚幻的水光紧紧围绕着他闪耀、舞蹈，似乎只有他脚下的一小块地面才是干土，可他好像一直都精准地站在这片干土的正中。他向前走去，这粼粼如水的闪烁白光就随着他的步伐向前飘动。但他还是希望最终能抓住它，每次他偃旗息鼓时，昨天那个神秘的人影就会再度出现，引诱他跑得更远。最后，马丁一步也走不动了，一屁股坐在了这光秃秃的土地上——就像坐在热炉子上，但他也无计可施，因为他实在是太累了。空气又稠又重，他都快不能呼吸了，就算像小鸟一样张大嘴巴呼哧喘气，也透不过气来。天空就像一块金属，被加热到了白热的程度，沉沉低悬，他似乎抬手就能摸到天上，烫伤自己的手指。

还有这蜃景——在他所坐之处，它是多么的绚烂光辉、晶莹剔透，这亮光照得他眼睛都快瞎了！现在他没有力气再追它，甚至连走都走不动了，可这时它却来了，来到他的身边，隔开四周的一切，用一千种匪夷所思的形象笼罩着他，尽管这里没有一丝小风，它却用百万片被"暴风"吹得狂旋的白色光片填满了空间。它们看起来就像最洁白的雪花，打在他脸上却似火星灼灼。他不但能看到、感觉到，甚至还能听到：他的耳朵里满是嗡嗡声，越来越响，就像一个人不小心踩到了一个大蜂巢，那些昏头昏脑的蜜蜂就发起火来，集聚成乱糟糟的一大群，蜂拥而去，保卫家园。很快，在这越来越响的令人费解的嗡嗡声中，升起了一些更为清楚的声音，可以听出那是无数乐器在弹奏，有很多人在唱歌、说话、欢笑。突然有一大群女孩子跑跑跳跳向他奔来，几十几百地分散在大平原上，胜过他见过的一切美丽可爱的事物。她们的容颜比百合花还要洁白，松散飘逸的头发就像闪光的淡淡金雾，裙子在跑动的时候沙沙作响，就像蜻蜓翅膀一样绚烂，映出了土地的褐色反光，同时也不断变幻着美丽的色彩，就像我们在肥皂泡上看到的那样。她们每个人都带着个银水罐，一边奔跑跳跃，一边用手指蘸水，向这荒芜的土地洒去。她们洒下的闪亮水珠纷纷落地，连成了一场恩雨。灼热的土地上腾起了白雾，染上了绚烂虹彩，让漫天空气都变得凉爽清新。

　　就在马丁身边生长着一株小草，灰绿色的叶子奄奄一息地趴在地上。有一个女孩驻足为它浇水，边洒水边唱：

　　小野草，小野草，
　　天干万物燥，
　　岂必受煎熬，
　　求天天不应，
　　无雨干枯死，
　　永无花，永无籽？

噢，不，不，你不会死，

携罐儿，

我从天上飞下地。

小野草，

喝下雨水再生吧，

开花结籽吧。

马丁举起滚烫的小手，接住了几滴水。这时女孩儿举起了水罐，一注凉水直直浇在他脸上。然后她哈哈大笑，一跃闪开，蹦蹦跳跳跟着同伴们跑远了。

拿水罐的女孩们都走了，接下来是男孩的队伍。他们和刚才的女孩儿一样秀美，多数都在歌唱，有的在风中，弹拨着弦乐；有的一路小跑；有的安静行走；还有一些男孩骑着各种各样的动物——鸵鸟、绵羊、山羊、小鹿、小驴，他们全都纯白如雪。有个男孩骑着公羊，欢快地弹奏一架小小的银弦班卓琴，唱的歌儿非常古怪，马丁忍不住竖耳倾听。歌里唱的是远方荒芜土地上的一条斑点蛇，唱到它是如何日复一日地寻找失踪的玩伴——那个离它而去的小男孩；如何用它光滑闪亮的肚皮滑行，一弯一绕爬过高高的野葵花地；如何在叶片间高高抬起它绿叶形状的小小头颅，盼望听到那熟

悉亲切的足音。但它的玩伴去了很远的地方，再也不会用汤盆里的面包、羊奶喂他，再也不会用他温暖柔软的小手抚摸它一圈圈盘起的光滑凉爽的身体。

离那个骑公羊的男孩不远，排队走来了四个小男孩。他们拿起了长长的银号，准备将它吹响。其中一个停住脚步，将号角放低凑到马丁耳边，鼓起了他小小的圆圆的腮颊，呜地吹了一声，马丁吓得跳了起来。他们为这个玩笑哈哈大笑，又向前走去。后面又来了一群人，接着又是一群接一群。他们唱歌，叫喊，弹奏乐器，其中有些人会停下来看看马丁，或是对他施展一些怪可爱的小恶作剧。

但突然，马丁不再倾听，甚至也不再看他们一眼，因为有什么与众不同的新的东西即将来临。它古怪得让他既好奇，又恐惧。那是一个声音，异常深沉肃穆，男子齐声咏唱，仿佛一曲悼歌，愈来愈近，愈来愈近，就像一场风雨交加、电闪雷鸣的暴风雨迫在眉睫。很快，他就看到庞杂的人群中走来了他们的队伍。那是一队缓缓前行的老人，面色浅灰，发丝和长须白亮胜雪，身上的长袍飘若流水，像积雨云一般灰黑泛银。然后他看到了先导队伍后面的人。他们扛着一张珍珠母做的睡榻，上面躺了一位面容苍白、甜美的青年。他身穿色泽柔和的玫瑰色绸衣，脚上穿着深红鞋子，头戴一顶紧箍箍的苹果绿无沿便帽——这使他的头看起来特别的小。他一双明眸艳若红宝石，挺秀的鼻梁好似鹬[39]嘴，只是鼻尖要比鹬嘴宽阔一点、扁一点。接着，马丁注意到他受伤了，他的一只手正按在肋下，素手已被鲜血染污，血滴正不断从指缝间流出来。

马丁被这一幕揪住了心。他注视着他，倾听着老人们庄严肃穆的歌声，却听不懂他们在唱什么。不是因为他是个孩子，而是因为没有人可以听懂这首古怪的歌，无论他多大年纪，多么有智慧，多么学识满腹——它正歌唱着**伟大的生命**和**伟大的死亡**。但同时，歌声中又蕴含着一种东西，让任何听到这首歌的人无论长幼皆能瞬间领悟。马丁也理解了这种东西。它直直地冲进他的心里，让他的心变得沉重而又悲伤。他简直想把小脸埋在地上，撕心裂肺地恸哭，好像他从来不曾哭过。但他到底还是没有把脸起来失声痛哭。因为就在这时，肩舆堪堪行到了马丁前方，受伤青年的目光落到了他的身上。他俯视着小马丁，唇上绽开了一个极其甜美的微笑。在这一刻，马丁觉得，他爱这青年胜过曾经过他眼前的所有灿烂美丽的生命。

青年在他视野中消逝了。当那肃穆歌声渐微渐远，就像一阵过境的暴风雨由响至轻，他心中的沉重和伤悲也离开了他。他听见了越来越近的叫喊声和喧闹的奏乐声，接着就出现了大队人马。许多少男少女一路走，一路唱歌奏乐、欢快舞蹈，经过马丁的面前，人流包围了他。他们是他有生以来见过的最美的人们，人人都穿着闪光的衣袍。有的通体纯素，有的是琥珀色，有的是一身天蓝，还有的穿着其他颜色漂亮的衣服。"女王驾到！女王驾到！"他们叫道，"起来，小孩儿，向女王行礼！"

"女王驾到！小孩儿，快跪女王！"又有一拨人叫道。

然后别人也一齐喊了起来。

"女王驾到！小孩儿，在地上躺平！"

"女王驾到！小孩儿，闭上眼睛，张开嘴！"

"女王驾到！小孩儿快跑，能跑多快跑多快！"

"小孩儿，倒立，面朝女王！"

"小孩儿，学鸡打鸣，学狗汪汪！"

可怜的马丁想同时照办所有互相矛盾的指令，只好一会儿往左边滚，一会儿往右边滚，嘴里还吱哇怪叫，惹得所有人都大笑起来。

"女王想跟你说话，小孩儿，站好。"光芒最耀眼的人中，有一位伸手抚了下马丁的小脸，这样对他说。

在马丁面前，所有美丽人儿的簇拥之地，伫立着为女王拉车的高头大马——个头庞大的奶白色马匹——正不耐烦地用蹄子刨着满是尘灰的地面，骄傲地咬着金马勒，嘴里晃着白沫。当他怵然抬眼望向马车里端坐的庄严人物时，不禁目眩神迷，被眼前的一切所征服。她的容颜光芒四射，宛如正午的蜃景，注视着他的一双眼瞳就像两颗硕大的欧泊石。她身上好像穿着一片闪光的白雾，秀发宽阔地铺在她的肩头，看上去是白色的，比羊羔的绒毛还要洁白，却又撒上了细细的金粉——它们在她发间闪烁、颤动、穿梭，就像黄色的火花。她头顶的王冠看起来就像烛光里的钻石或阳光下的露珠，时时刻刻颜色都在变幻，先变成火红焰彩，然后依次变成青绿、明黄和紫蓝。

"孩子，你从很远的地方一路追随我来到这里，"女王说，"现在你得到回报了——因为你看到了我的脸，而且我会让你恢复精神。还有太阳，我的父亲，会因为我的缘故再也不伤害你。"

"他是个淘气的孩子，不值得您对他这么好。"近旁一个光芒闪耀的人说道，"他杀死了那只琵鹭。"

"他为那被杀的可怜鸟儿哭了，"女王回答，"他会永远带着悔恨之情将它铭记，所以，我宽恕他。"

"他从家里跑出来，一点都没想到他那可怜的父母。他们正在为他哭泣，在茫茫大平原上将他寻找。"那个声音又说道。

"我宽恕他，"女王道，"他是个天生的小小浪子，他没法儿总是乖乖呆在家里。"

"善良的老雅各把他捡回家，给他食物，给他唱歌，给他跳舞，就像他的第二位父亲，可他把整桶水都倒在了他身上。"

　　这话惹得人们大笑起来。女王说她也宽恕他时，竟也忍不住笑了。马丁想起了老雅各，又见他们只是对此开了个玩笑，就和他们一起哈哈笑了起来。但这指责的声音还在继续："当这善良的老牧羊人再次入睡，这淘气的小男孩爬上了桌子，在屋顶上掏了个洞，钻洞逃跑了。"

　　人群又爆发一波大笑。一个身穿闪光的紫色长袍的年轻人，咚地弹响了他的弦索，模仿老雅各的舞步肆意跳跃，唱道——

　　嚯，羊群的调调儿我最清楚啦，

　　不管是母羊、羔羊，

　　还是公羊。

　　这个马丁到底能上哪儿去？

　　为了他我整日驱马

　　在广阔的平原上。

　　吹起我的号，

　　好让他知道，

　　雅各正在追赶他，

　　很快就要带他回家了。

　　一天到晚我找了又找，

　　每次回家就对自己说：

他又不是只小鼹鼠，

能给自个挖洞窟；

他那两条小短腿，

肯定跑不远，奔啊奔，

肯定跑不远，跑啊跑，

噢不，他肯定在闹着玩。

我肯定他在旁，

他就在这里，

像一只小老鼠，

藏在屋周围。

我要立马搞只捕鼠夹，

放点奶酪当诱饵，

他一闻到味儿，

就会跑来啦——

带着个空空的小肚皮，

让我捉住他。

他到底藏哪去了，

那个小孩儿？

善良的老雅各待他那么好啊！

我想要休息时，

谁来煮牛奶，谁来提茶壶？

谁来给羊儿挤奶，谁来缝衣服？

谁能同我一起，

喝上一杯茶？

我轰隆砸地跑，

穿着牛皮靴，穿着霹雳靴，

我想知道啊，谁来伴我吮当敲？

噼里啪啦锅盘响，

锡块敲铜咔啷啷，

还有狗队汪汪叫，

谁能加入一起闹？

噢，一旦找到他，

立马紧紧绑，

大头朝下提着他，

飞奔跑回家。

不给他冷土豆，

还要铐起他，拳揍他，棒打他，责骂他，

一桶水把他浇个透，

羊毛灰泥塞满嘴。

因为他没干该干的事，

反倒干了不该干的事。

告诉我实话吧，

公羊和母羊，

马丁到底上哪啦？

雅各我又老又聋眼睛又花啦，

他的调门儿我摸不透哇。

歌声惹得所有人都大笑起来。当歌声停止时，"我宽恕他的一切，"女王非常和蔼地说，"现在你们来两个人，每人赐他一件礼物。他追着我们跑了这么远，应该获得奖赏。"

其中一个光鲜美丽的人走上前来，大声宣布："他爱浪游，就让他实现自己的意愿，在地球上浪游一生吧。"

"说得好！"女王大声道。

"他会成为浪游者，"另一个说，"那就让海洋无法伤害他，这就是我的礼物。"

"很好，"女王说，"除了这两件礼物，我还要加上第三件——让所有的人都爱他。去吧，马丁。你已经全副武装了，去目睹世上一切奇妙瑰丽的胜景，以此愉悦你的心灵吧。"

"跪下感谢女王恩赐吧。"一个声音对马丁说。

他双膝跪下，却一句话都说不出来。再次抬头时，整个光辉灿烂的仪仗队伍都已消失。

空气凉爽而芬芳，土地潮润得像刚下过雨。他起身慢慢向前走去，一直走到将近日落，脑海中满是蜃景里那些美丽的人。荒芜的盐碱平原已被他抛在了身后，现在地面上遍覆黄草。他找到一些甜根和浆果吃了下去。然后他觉得实在是太累了，就躺到地上，舒展四肢，想着刚才看到的是否只是一个梦。是的，那确实是个梦，然而在他的生活中，梦境和现实一直水乳交融，他又怎能区分它们？最怪异的算是哪件事——是颤摇闪烁的蜃景包围了他，惹人好奇地飘到他面前，还是他刚才见过的蜃景中人？

如果你闭眼躺着一动不动，有人悄悄走上前来俯身看你，你总会知道有人来了，睁眼去看他是谁。就是这样，马丁也察觉到有人来了，正俯身看着他。但他依然闭着眼睛，因为他觉得这肯定是刚才见过的某个光辉美丽的人物，也许就是女王本人，如果睁眼，她闪耀的容光就会晃花他的眼睛。他突然觉得这也有可能是老雅各，他会因为他逃跑而惩罚他的。他飞快地张开了眼睛。你猜他看到了什么？一只鸵鸟，他今天早些时候见过并吓跑了的那只鸵鸟！它瞪着两只空洞茫然的大眼睛，正弯下脖子看着他。渐渐地，它的头越探越低，最后突然啄了下他衣服上一粒金属钮扣。这一拽是那么大力，带得马丁几乎离开地面。他尖叫一声跳了起来，但这跟鸵鸟的一跳相比简直微不足道。发现这颗钮扣属于一个活着的男孩后，它腾空跳起六英尺，重重地扑了下来。然后它为自己居然被马丁这样一个无足轻重的小东西吓着了感到非常羞耻，便端着架子大踏步走开了。它扭头先从一边肩膀向后瞄了一眼，再从另一边肩膀向后瞄一眼，然后两腿一蹬跳了起来，以示它对他颇为轻蔑。

马丁大笑起来，笑着笑着就睡着了。

第六章
遇见野人

第二天早晨，马丁醒来的时候，第一眼就掠过草地，投向了远方，就在他面朝的方向，隐约可见一些巨大的蓝色山峰。在那个国度，人们称它们为"Sierras"（锯齿山峦）。很久以前，在他遥远的家，他就能经常见到它们。在晴朗的早晨，它们会像一片蓝色的云那样出现在地平线上。他曾希望到那里去，脚踩着美丽的蓝色山顶，踩上去似乎会很柔软，比平原上坚韧的湿润草皮还要柔软。但他发出的心愿，只不过是希望一个人去一个遥远的、不可能去的地方，比如说一片白云，或是蓝天之上。这会儿，他突然出乎意料地发现，自己就在离它们很近的地方，这立刻激起了他去那里的愿望。那些蓝色山峰轻盈飘渺、宛若云团，平原的魅力怎么及得上它们一半？他很快就迈出了脚步，匆匆向山峰走去。尽管步履匆匆，他却似乎并没有离山近上一点。但一直向前走还是很快乐的，因为他知道他终会抵达。现在他把干燥的平原丢在了身后，大地上遍覆青黄草皮，踩起来很舒服。这一天，他找了很多甜根补充体力，还采到了很多很多小红莓[40]。它是一种比樱桃稍小的圆形浆果，每颗果实都包裹在心形的叶鞘或种膜里，味道很甜。到了晚上，他又一次在草丛间睡去。当白昼归来，他又启程了，一个人也觉得非常快乐——想到最终会抵达美丽的山峰，他就觉得很开心。但它们只在清晨时分看起来清晰得近在咫尺，到正午，日头热起来的时候，它们就变远了，像一片云栖息在地表之上。有时他会觉得，他越走，山峰移得越远。

到了第三天，马丁来到了一片高地。行到最高处，望向高地另一侧，他看到了一道宽阔的绿色峡谷，溪流从中奔涌而过。横向看去，这道峡谷潺潺的流水，向远处无限延伸，消失在烟霭之中；纵向看去，峡谷之上有一片广袤森林，远远看去好似蓝色，这是马丁第一次见到森林。近处，就在前方，绿色峡谷底下有什么别的东西吸引了他的目光——那是一大群人和马匹。马丁一看到他们就飞奔而去，兴奋之极。当他靠近时，原本坐着躺着的人们都从草地上站了起来，瞪视着他，眼中满是好奇：一个孤身在荒野出现的小男孩？他们差不多有二十个成年男女，还有好几个孩子。男人的体格非常高大，只穿着兽皮做的衣袍，面部宽阔扁平，皮肤呈深古铜色，背上披着长长的黑发。

这些相貌粗鲁的怪人就是野人。人们都把他们想象得邪恶残忍，以为他们喜欢折磨或者杀害任何落入他们手里的"迷途羔羊"或"离群之鸟"。但你很快就会发现，事实并非如此。可怜的小马丁这辈子都没读过一本书，还总是拒绝学习文字。他纯白无知，对野人毫不知情，对他们的惧意不比对老雅各更多，也不比对那条小斑点蛇更多——你看，蛇总会让成年人都尖叫跑开的，马丁却不怕它。于是他大胆地跨步向前，瞪着他们，他们也用粗野的乌黑大眼瞪着他。

他们正在吃晚餐，炭火烤鹿肉。僵持了一会儿，其中一个野人拿了一根肉骨头，试探着递给马丁。饿极了的马丁高高兴兴地接了过来，大快朵颐。

填饱了肚子，马丁又环顾四周。他们依然瞪着他，然后有个面容和善的女子把他抓了过去，让他坐在膝头，尝试跟他说话。

"么鲁–么鲁米亚、魁尔他后、啪啪、沙尼、叉、希尔马他。"她非常热切地盯着他的脸，这样说道。

他刚才吃东西的时候，他们都在相互探讨。可他不知道野人的语言和我们的不一样，还以为他们只是在发出叽里咕噜的声音逗乐子，并非在表达什么。这妇人对他说了这种滑稽话，他就想用她的方式回答，学得毫不费力："嘿、嘀哆–嘀哆[41]，猫咪在提琴里，飞、佛、匪、发[42]，嚓普蒂–嚓普蒂–嚓[43]，她套环上有箱子，哥们上有谈话[44]。"

他们全都在肃然倾听，好像他说了什么特别重要的话。然后妇人又说："花哪脱帕、啊哪、啊哪、奎尔他侯。"

对此马丁答道："西奥菲勒斯·蓟[45]，是个筛蓟的人哩，筛了一筛子没筛过的蓟；如果西奥菲勒斯——噢，我不说了！"

然后她又说："奎拉–侯拉他、希尔霍阿、毛伊、搀嘎、搀嘎。"

"公鸡喔喔喔！"马丁叫道。他越来越累，没有多少耐心了。"咩、咩、咩，黑绵羊，汪呜，汪，汪。咕喊，咕喊，呆头鹅[46]。跷跷板，玛丽·道[47]。嘁咳-呃-嘀-嘀[48]，你会听我说。好啦放开我！"

可她把他抱得紧紧的，不停地对他说那种叽里咕噜的话。最后他恼了，拽住了她的头发。她也只是哈哈大笑，把他抛上抛下，就像马丁从前抛接一只小猫一样。后来她还是放开了他，那会儿夜色渐浓，他们都在火堆旁躺了下来。马丁已经非常累了，就在他们之中躺了下来。一个妇人把一张皮子抛在了他身上，他睡得非常舒服。

第二天早上，山峰看起来更近了，比以前都要近，似乎只隔了一条河。可他现在不怎么在乎大山了，小野人们出去采集浆果和甜根时，他也跟了上去。和他们一起，日子过得挺快活的。

第二天下午，他的新玩伴们全都丢下了小小的皮袍子，跳进溪里洗澡。马丁见他们在水里玩得那么开心，便也脱下衣服，跟着下了水。那里的水并不深，不过在水里拍打水花、试着让一双小脚在湍急流水中站稳、爬上滑溜溜的岩石，可是难得的娱乐。突然，他发现其他人已离他而去。回头一望，他们已经全都上了岸，正为争抢他的衣服打架。他急忙冲上岸，想要夺回财产。但他一冲到那里，他们就已经把战利品瓜分完毕，跳起来向四面八方逃窜，一个穿着他的上衣，一个穿着他的灯笼裤，一个穿着他的衬衫和一只袜子，一个穿戴着他的帽子和鞋，最后一个只套上了一只袜子。他徒劳地追赶呼叫，最后不得不光着身子追到了宿营地，在那里哭得非常伤心。那些原先对他很好的女人现在却不来帮他，只是哈哈大笑——其他孩子的皮肤都是深古铜色，他的皮肤却是雪白的，这一幕在她们看来十分滑稽。最后，有个女人怜悯地给了他一小块柔软的兽皮。它系到他身上就像是一件斗篷。他不得不含羞忍悲地穿上它，尽管感觉裹着兽皮非常奇怪、很不舒服，但跟他受伤的心相比，新的野人装束的不适感真是微不足道。他暗暗下定决心，决不能失去自己的衣服。

　　第二天孩子们出去时，他跟在后面观察，等候时机收复属于他的东西。他发现有个小男孩戴着他的帽子，毫无防备，于是他立刻冲了上去，把帽子从这个小野人头上抓过来，牢牢扣在自己头上。可是这个小野人已经把帽子看成自己的东西了：这是他用力量和计谋得来的，他从昨天起就一直戴着，早就把它当成自己的财产了。于是他向马丁扑了上去，两个人结结实实地扭打在一起。尽管个头相近，他却打不过这个白皮肤的小男孩，便喊别人来帮他。孩子们一拥而上，打败了马丁，不但夺走他的帽子，还抢走了他的兽皮小斗篷，然后一直惩罚他，直到他痛得大叫起来。最后他们丢下在地上哭泣的马丁，跑回了营地。他隔着一小段距离跟在后面，也回到了营地，却没有得到同情。因为这是条规矩，成年野人不怎么在意这些小事：他们让孩子们自己解决争端。

这天余下的时间里，马丁一直坐在草丛后生闷气，拒绝和别人一起吃东西。有个女人走了过来，给他一片肉，他气哼哼地把它拍掉。她只是哈哈笑了两声，就走开了。

日落之时，他开始觉得光着身子非常寒冷、悲惨。大家看到男人们打猎回来，可他们今天骑马不像往日那般悠闲，一路狠命驱驰、喊叫。女人们一看到他们、听到喊声，就跳了起来，急匆匆把兽皮和所有东西都打包成一捆捆的。不到十分钟，所有的人都上了马背，准备极速飞奔。有个男人一把提起马丁，把他放在身前的马背上。他们骤然起跑，冲上山谷，向远处的蓝色大森林奔驰而去。

过了大约一个钟头，他们来到了大森林。天已经很黑了，天空撒着无数繁星。可他们一进森林，天空和灿烂星辰都从视野中消失了，就像有块乌云飘到了他们头顶。森林里如此黑暗，因为这里的树木非常高大，头顶上枝叶相缠。他们走了一条熟悉的路，路很窄，他们一个跟着一个慢慢前行，走了约有两个小时才下马，停在了大树底下。所有人都紧紧地靠在一起进入了梦乡。马丁躺在他们中间，爬到一张大皮袍底下，觉得暖洋洋的。他很快就睡着了，直到天亮才醒。

第七章
孤身在大森林里

想象一下，你一直住在无边无际、树木稀少的大平原上，习惯每天早上一睁眼就看到浩瀚蓝天和灿烂阳光。现在，你睁开眼来，第一次面对阴森森的巨大森林。没有风，也没有日光抵达这里，听不到任何声音，一天到晚，都是这样半明半昧的幽暗黎明。围绕着他的全是大树，高大笔直的灰树干密密匝匝，大树后面以及更远的地方还是大树——到处都是一动不动的树木，就像许多个石柱，撑起了头顶上由绿色树冠组成的昏黯穹隆。马丁就像被关在一个阴森森的巨笼之中。

他渴望逃出去，再次看到太阳升起，感到柔风吹过他的脸颊。环顾四周，所有的人都疲惫地躺在地上，依旧睡得很沉，乱糟糟的茂密黑发把他们黧黑的宽阔大脸给框了起来，看着这些脸，他有点儿被吓着了。他觉得自己恨他们，因为他们都对他不好：小孩子抢了他的衣服，逼得他赤条条的，还把他打得青一块紫一块，而那些大人也不可怜他，不来帮助他。一点儿一点儿，他非常轻悄、非常小心地从他们中间爬了过去，逃进了昏暗的森林。森林一边的影子看上去比另一边要浅，他就朝浅的那边走去，因为那是太阳升起的方向，也是他初遇野人之前走的方向。他一直向前，向前，走到了一个地方，那里积满了厚厚的黑褐腐叶，踩在上面弄不出一点声响，他就像是黑暗大森林里一个小男孩的白色鬼魂。但他没能摆脱密林走到开阔地去，饥饿不堪时他也找不到任何可以果腹的东西，因为那里没有甜根和浆果，也没有他见过的任何一种植物。这里的一切都那么古怪、黑暗、寂静。没有一片叶子在颤抖——如果有东西在他身畔抖动，在这样的全然寂静中，他一定会屏息静听，察觉到它发出的轻响。但有时候也会冒出一个声音，打破长时间的静寂，让他警觉地站在原地，想知道声音是从哪儿来的。一天中会有三四回，枝叶高处突然响起空洞迷茫的大笑，但他什么都没有看到，最有可能的情况是这种小动物顺着树干爬进了树冠深处，在藏身处清清楚楚地看着他。

最后，马丁来到了一条约莫三十至四十码[49]宽的大河边，他在好几里外的开阔山谷沐浴过的那条河就是它的下游。它被野人们称为"可-伏尔他-可-查曼咖",意思就是它一半奔流在黑暗,一半奔流在光明。现在它流在黑暗中。河流两岸,树木长得特别高大茂密,宽广延伸的枝条在水上相逢、交错缠绕。河水在树下静静流淌,没有一丝波纹,肉眼看上去就像一条墨汁染成的河流。他抓住一根小枝,弯下腰去,在那块黑色镜子里看见了自己的倒影,多古怪啊———一个光着身子、一脸畏惧的白皮肤小孩!口渴难忍的他冒险爬下岸边,把手浸入河流。他惊讶地看到,在他空空的手掌里,黑色的河水透明得像水晶一样。解了渴,他又上路了。河水迫使他改变了方向,现在他正沿着河边走。走了一个小时或是更久后,他遇见了一株倒下来横卧河面的大树。他便小心地顺着这滑溜溜的树干爬了过去,高高兴兴地向原来的方向前进了。

狐鼬

现在马丁已经走了好长一段路,来到了一片更为开阔的地段。阳光再次照耀到身上的感觉真好,但林下的灌木、杂草和拖曳在地表的藤蔓都让行走变得艰难。就在这里,发生了一件古怪的事情。正当他小心地走过繁芜杂草时，他的脚步声吓着了一只动物，它惊骇万分地逃走，被他瞥到一眼。那是鼬鼠[50]的一种，但个头特别大——比一只大个儿的公猫还大，整个身子却又黝黑水滑得像最黑的黑猫。他低头看去，发现这只奇怪的动物刚才是在吃蛋。这种蛋几乎有鸡、鸭蛋那么大，蛋壳圆润，色泽深绿。蛋巢只是地上用干草围起来的一个小洞，巢里原来约有一打蛋，可大多数都破了，被鼬鼠吃了蛋清蛋黄，只剩下两个蛋还是完整的。马丁捡起了这两枚蛋，饥肠辘辘的他立马打破蛋的壳，把蛋液吸得干干净净。蛋虽是生的，可无论煮蛋、煎蛋还是蒸蛋，尝起来都没这么美味！他吃完了两枚蛋，心里真希望这被毁的巢穴里还有第三枚，就在这时，传来了一阵吱吱虫叫般的轻微声响。他看向四周，发现离他几英尺远就是刚才见过的那只大黑鼬，看上去古怪大胆，脾性粗野。它用那双珠子一样黑溜溜的邪恶小眼睛定定地瞪着马丁，低吼着露出一口白生生的尖利牙齿。在黑嘴、黑鼻和黑毛的衬托下，那口牙真是白亮极了。马丁瞪了回去，可它还是不停地靠近，然后直直坐下，把前脚后腿都并到了一起，好像马上就要跳过来。它最终只是朝马丁的方向长长地伸了个懒腰，圆圆的扁平头部和修长的光滑身躯使它看上去就像一条大黑蛇在向他爬来。它一直龇牙咧嘴，尖牙咔嗒咔嗒，发出那种吱吱的低吼。马丁越来越害怕。它看上去这么强壮，这么愤怒，凶猛得无法形容。这只动物好像是在对马丁说话，说着某种特别容易理解、听起来非常怕人的话。它像是在说："哈，你在我没发觉的时候来了，把我吓得离开了我发现的巢！你吃掉了最后两枚蛋，那是我发现的，归我！都是因为你，我肯定要挨饿了——饿死了，强盗！一个孤身一人迷失在大森林里的惨兮兮的小男孩，光着身子，全身都是棘刺刮伤的瘀青和血痕，心里没有一点儿勇气，手上没有一点儿力气！看看我！我一点都不弱，又壮又黑又凶猛。我住在这儿，这里是我的家，我什么都不怕。我就像一条蛇，像黄铜和回火钢，没什么能让我受伤或屈服。我的牙就像利刀，一口咬住任何动物的血肉都决不松口，直到吸干它心脏里所有的血。可你，没用的小倒霉鬼，我恨你！你偷了我的食物，我恨不得饮你的血！你能做些什么捡回小命呢？卧倒，倒到地上，胆小鬼，倒下让我抓住你！这些蛋你要用性命偿还！我会一口咬住你的脖子，痛饮鲜血，直到看见你双眼闭上，脸色变得苍白如灰，感到你的心脏在胸腔里扑颤得像一片叶子！倒，倒！"

看着它，马丁耳中似乎听到这些话语，真是太可怕了。现在它逼近了，只在一码开外，它炯炯的双眼仍然盯在马丁脸上。马丁没有力量从它身边飞走，他连动一步或抬一下手的力气都没有了。他的心跳得那么厉害，几乎要堵住喉咙，头上的发丝也根根竖起，他剧烈颤抖着，似乎马上就要摔倒。就在他即将倒下的时刻，在极端恐惧中，他猝然发出绝望的尖叫。这尖叫如此突然，鼬鼠吓得猛然跳起，以最快的速度窜过藤蔓和灌木，在枯枝烂叶上带起一阵飒飒声响。马丁的力气又回来了，他听着它撤退的声音，听着它钻进密林深处，直到声音完全消失。

第八章
花朵与毒蛇

从那只可怕的黑色动物身旁逃走，马丁很是高兴。尽管又饿又累，他还是和之前一样勇敢前行。但越往前走越是缓慢又艰难，甚至还很痛——有的地方密生多刺灌木，他不得不拨开荆棘，踩在带刺的败叶枯枝上勉强通过。这样大约走了一小时后，他来到了一条小溪边，它是刚才那条河的支流，而且浅多了，他可以轻松从这头蹚到那头，这清澈的急流里还能看到鹅卵石在闪光。遥远的东方似乎是小溪的源头，那正是马丁希望去的山陵的方向，于是他沿着溪流向前走去。他很高兴这样，因为任何时候只要他渴了就可以喝上一口溪水，还可以把他疲惫酸痛的小脚放在溪水中休憩。

马丁沿着河流走了很长的路，来到森林里的一个地方。这里灌木稀少，只是零零落落分布着一些矮树和灌木丛。遍野潮湿，草色新鲜碧绿，就像是一片水草地。踩在这柔柔草毯上，实在是令人心旷神怡。他弯下腰来，双手按在草上，然后整个人一骨碌躺下打起滚来，享受这温软草丝拂过周身的美好感觉。沐浴着暖酥酥的阳光，在开阔绿地上躺着或打滚真是太舒服了，他一点都不想起来继续走路。在黑暗的大森林里经历了那么多困难后，休息一下真是轻松愉快。因为太舒服，他很快就睡着了。他绝对睡了很长时间，因为醒来的时候，原本悬在头顶上的太阳都已经遥遥西坠。万籁俱寂，此时的空气也温暖芬芳。他躺着的这片绿草皮上有一些树木，阳光正透过高处的枝桠斜射下来。这是有多么绿啊！草地鲜绿，树木苍翠，每一片小小草叶和每一片树叶都在阳光照透之际，恰似一片片绿宝石玻璃！一切在他眼里如此美妙，铺天盖地的浓绿，照进双眼的灿烂日光（它似乎将他的身体灌满了光明），还有森林安然不动的寂静——这使得他坐起身来，睁大眼睛环顾四周。这光明和寂静到底意味着什么？

然后，马丁看见不远处一棵树上，有什么金黄色的东西在闪闪发亮。他一跃而起跑了过去，发现树腰上缠着一株非常漂亮的攀援植物，有着"手指"分明的巴掌状叶片和硕大的花朵、果实，果子有的青，有的熟。成熟的果子像鸭蛋那么大，形状也跟鸭蛋一样，透出一种金灿灿的黄色。他伸出手去，摸到了一颗滑润可爱的果实。这颗果子已经熟透，一碰就从茎上掉进了他的手里，闻起来非常香甜。饥肠辘辘的马丁咬破了它光滑的皮，这味道就和它闻起来一样甘美。他很快把它吃了下去，然后又摘下一颗吃了起来，接着又摘了一颗，后来还摘了好多颗果子，直到他再也吃不下去。这么多天了，他从未享用过如此美味的一餐。

西番莲

吃得饱饱的，马丁才开始就近观察这种植物的花朵。这是一种西番莲51，他以前从没见过。现在清清楚楚看到它了，他不由心想，这真是他见过的最可爱、最奇异的花了。它不像平原上花朵鲜红的美女樱52那样，在阳光下明艳灿烂，如珠似宝。它浅淡迷离，如烟如雾，花瓣儿是暗淡微绿的奶油色，中心有个大大的蓝圈。这种蓝，也像夏天远方的蓝色雾霭一样朦胧如幻。为了更好地看着它，欣赏它，马丁伸出手，想要摘下一朵。可他立刻就把手放了下来，像被刺扎到了一样。可那里没有刺，没有任何东西能够伤害他。他把手放了下来，只是因为他感到自己伤害了这朵花。他后退一步，瞪着这朵花，花朵也像活物一样看着他，问他为什么要伤害它。

"噢，可怜的花儿！"马丁说道。他走上前去，用指尖轻轻抚摸它。然后他踮起脚来，用嘴唇轻触它的花瓣，就像妈妈常常亲吻他擦伤或被扎了根尖刺的小手那样。

就在这时，他的目光下移到地上，看见了一条大蛇。这株植物缠绕着的树下密生苔藓，它就盘在向阳面的苔藓床上。他想起了那条曾经和他做过朋友的可爱小蛇，所以并不畏惧这条蛇，因为他觉得世上所有的蛇都会对他友好，哪怕这条蛇非常的大，比他手臂还粗，颜色也与那条小蛇不一样。它的皮肤是淡淡的橄榄绿色，就像它躺着的那片半干的苔藓，背上还点缀着黑色、棕色的斑纹。它一圈圈地盘绕起来，箭头状的扁平头部搁在地面上，炯炯的双眼牢牢地盯在马丁脸上。太阳照在它眼里，这对小眼闪耀得就像抛光了的宝石或玻璃片儿。马丁走近它，停住了脚，又退了回去，走到树的这边或是那边，可这对闪闪发光的眼睛始终盯在他的脸上，这让他觉得不安了。最后，他双手捂住脸庞，张开指缝向外窥视，那双闪亮的眼睛依然死死地盯着他。

马丁想知道蛇是不是被他的到来惹恼了，为什么它要用这样一对闪亮双眼死盯着他不放。"您可以看向其他方向吗？"终于，他这样说道。但蛇不肯答应，于是他避开了它的目光。突然，在他看来，周围所有的东西都成了活的，像蛇一样目不转睛地盯着他——西番莲花、绿叶、草地、树木、广阔的天空、光芒四射的巨大太阳。他倾听着，树林中万籁俱寂，甚至没有一只苍蝇或野蜂哼鸣，静滞得没有一片树叶摇动。最后，他离开了这里，脚步放得非常轻柔，而且一直在屏息倾听，因为他好像觉得，森林有话要对他说，如果仔细去听，就会听见树叶子在对他说话。过了一会儿，他确实听到了一个声音，它从大约一百码外传来，像一个人在呜呜哭泣。这低低的啜泣渐渐变响，又低落下去，最后停了下来，在一段沉默的间歇后又重新响起。也许那是个小孩子，像他一样迷失在了森林里。他悄悄往那里走去，又发现这种啜泣声从另一边传来。那儿有一株矮小的金合欢属[53]乔木，长长的枝条四面舒展，枝叶疏疏落落，但他依然不能透过稀疏的枝叶看到另一边。于是他绕过这株树去看，却吓到了一只鸽子，它噼里啪啦地飞走了。

　　鸽子一走，这里又变得非常寂静。现在他该怎么办呢？他已经太累，走不了多远了。太阳正在西沉，整片土地都暗了下来。他又走了一段路，想找一个可以过夜的好一点儿的栖身之所，却没能找着。最后，太阳终于落了下去，黑暗要到来了，他找到了一株半死的老树，树根上有个铺满半干苔藓的空洞，踩进去非常柔软，似乎是个睡觉的好地方。他别无选择了，因为他害怕黑灯瞎火地在林间穿行。于是他爬进老树根间的洞，尽可能舒服地蜷身躺下。虽然没有什么能保暖的东西可以遮盖，但他还是很快就昏昏欲睡了。然而，尽管已经非常的疲惫困倦，他还是不能马上进入梦乡，因为他从来没有一个人在树林子里过夜过。这里跟开阔的平原不一样。在平原上有什么他都看得到，哪怕是在夜里，他在那里一无所惧。这里的树木看上去很古怪，还投下奇怪的树影，他会觉着树林里的怪人们也许正在四处游荡，会在这里找到他。他不想睡得太熟让他们找到，醒着要好多了，他们一来，他就可以跳起来逃走，藏到他们找不着的地方去。一两声窸窣轻响，他就会惊觉，以为到底还是有什么人来了，对方正要轻悄悄地走近他，出其不意将他抓住。但是他看不到有东西在动，屏息倾听也毫无声响。

　　突然，就在他要睡去时，远处传来一声大喊，令他再度清醒。"噢，看哪！看哪！看哪！"这个腔调如此低沉、诡异而又洪亮，没有人听到会不心生恐惧，因为这好像是某个比常人大二十倍的森林怪物发出来的。一个应答的声音立刻从森林的另一处传来。"这是啥？"它叫道。紧接着又一堆声音叫了起来，然后远远近近其他的声音也纷纷叫道："这是啥？"作为唯一的回答，第一个声音又叫了起来："噢，看哪！看哪！看哪！"

可怜的马丁吓得浑身发抖，在苔藓床里蜷得更低了。他觉得森林里那种可怕的人一定看到他了，他们很快就会抓住他。可是，尽管他睁大双眼看向黑暗，可除了默然伫立、一动不动的树木，他什么都没有看到，也没听到任何向他走来的脚步声。

之后，这声音又沉默了一会儿。他开始希望他们已经放弃找他了，就在这时，近旁突然冒出一个响得骇人的声音："这是谁？"一片茫然中，他并没有动弹。因为他吓得都不敢跟预想的那样跳起来逃跑了。他只能一动不动地躺在那里，牙齿咯咯打战，头发都竖了起来。"这是谁？"这可怕的声音再次大声呼喊。然后他看到有个大大的黑东西从树上落了下来，停在一根离他睡床上方几英尺高的枯树枝上。现在他能看得到它了，明净星空清晰地衬出了它的轮廓——这是一只鸟，一只巨大的猫头鹰。这只鸟也看到了他，正好奇地盯着他看。此时，他所有的恐惧都倏然远去了，因为他才不会害怕一只猫头鹰呢。他这辈子已经看惯了猫头鹰，只不过以前见过的猫头鹰比较小，而森林里这一只大得就像鹰，脑袋圆圆的，耳朵像猫，猫一般的大眼睛在黑暗中炯炯发亮。

猫头鹰盯了马丁好一会儿，身子左摇右摆，脑袋晃下来又晃上去，好把他看得更清楚。马丁也回瞪着猫头鹰。最后，他忍不住叫了出来："噢，你真是只伟大的大猫头鹰！请再说一遍'那是谁'？"

但猫头鹰说话之前，马丁就在苔藓床上进入了梦乡。

第九章
天上的黑人

　　不管后来大猫头鹰有没有一整晚都喊着
"噢，看哪！看哪！看哪！"或"这是什么？"
"这是谁？"马丁都不知道。他睡得很熟，直到
清晨的日光照在他脸上，将他唤醒。他没有衣服
鞋子可穿，所以立刻就起身走出了苔藓床。他喝
了些水，觉着自己饿坏了，就回到昨天发现熟果
子的地方，享用了一顿非常美味的早餐。吃饱喝
足后，他再度出发，穿过树林，朝着太阳的方向
行走。溪流依然与他同行。不多时，树林子变得
更加稀疏开阔了。最后，他十分高兴地发现，他

已经完全走出了树林子，再次站到了宽广无边的大平原上。山陵又一次出现在眼前，那是他曾经想去的巨大的蓝色群山。它们似乎比从前更近、更庞大了，但看上去依然像硕大的云条，离这里有很长的路要走。不过他已经下定决心要去，而且还要爬上那陡峭的山崖。渐渐的，他发现溪流转向了南方。他离开小溪，好继续往前直走，到那个山峦起伏的地方去。离开水边，地面变高了，地表非常平坦，遍布枯黄草皮。在这黄草平原上，他走了好几个小时，停下休息了几次，没有发现任何可以解渴的水或甜根。累到再也走不动了，他便在黄草地上坐了下来，头顶这一片广阔蓝天，没有一朵云，除了那个大太阳球。空中没有一丝风，黄色的草叶一动不动，他看不到也听不到任何活物的动静。

马丁躺在地上凝望蓝天，眼睛避开了太阳，它太耀眼了。过了一阵，他真切地看到有什么东西在动——有一个苍蝇大的小黑点正在天上盘旋飞翔。可他知道，那实际上是个大家伙，只不过飞得非常高，所以看上去像只苍蝇。然后，他又看到了第二个黑点，接着是第三个、第四个……最后，他看到了十二或二十个，或许还有更多，全都在高远的天穹上旋着大圈子。

马丁想，他们肯定是天上的黑人。他想知道，他们为什么是黑的，不像白色鸟儿那样是白的；为什么不是蓝的或是其他艳丽的色彩，就像那些蜃景中人一样。

现在马丁没法再这样悠哉地躺着了，因为那些小黑点儿在干热的蓝天上不停地盘旋，不让他的眼睛得到一丁点儿休息，他只好时不时微微闭会儿眼。渐渐的，他闭眼的时间稍长了一点，他睡了过去。醒来的时候，他也没有完全清醒，还是一动不动闭眼躺着，只把眼皮子抬起一点点，好看到周围的景象。映入他眼帘的场景非常稀奇。他不再是一个人身在荒野了，有很多人围着他，大约有几十个，都是大约两英尺高的黑色小人，模样十分奇怪：秃头，棱角分明的消瘦尖脸，脸上又是皱纹又是赘疣，有个长长的鼻子。所有的人都穿着丝绸黑衣——黑外套、黑背心、黑马裤，却不穿鞋袜，光着两条瘦瘦的黑腿，秃头上也没戴帽子什么的。他们围成一个圈把马丁围在其中，但这个圈子大得很，离他这个核心相当远，半径约有二三十英尺。他们有的四处走动，有的独自站着，有的三五成群地说话，但他们全都看着马丁。只有一个人一直呆在圈子里头。他似乎是这群人里最重要的人物。每次有一个人或个把人往前走几步，他就抬起一只手，恳请他们往回退一点儿。

"我们绝不能急，"他说，"必须等。"

"为什么要等？"有个人问。

"因为有可能会出事，"这位大人物说，"我得再跟你们说一次，这事就交给我，让我来决定何时开始。"他在宽敞的圈子里大摇大摆地踱过来又踱过去，一会儿走向同伴，一会儿又走向马丁。他的脑袋转来转去，好把马丁的脸看得更加清楚。然后，他从外套和背心之间抽出一把寒光闪闪的长刀，横过来聚精会神地看着。不一会儿，他轻柔地把鼻息呼在光亮的刀刃上，又扯出一条黑丝帕擦掉上面的雾迹，然后在阳光下转动刀刃，让它折射出耀眼辉光。可最后他又把长刀收进外套里，接着踱来踱去。

"我们都饿死了。"终于有个人说道。

"真是饿得要命！"另一个人叫道，"我们中有的都三天没尝到食物是什么味儿了。"

"这可真够难的，"另一个说，"大餐就在眼前，却碰都不给碰。"

"别这么心焦，朋友们，拜托，"拿刀的大人物叫道，"我已经把情况解释过了，我真觉得你们这样逼我有点儿不公平。"

面对指责，他们讨论了一阵，然后站出来一个人说道："大人，如果你觉得我们不公平，或是我们对你没有充足的信心，那让别人来接替你的位子不好吗？"

"好啊，我也准备这么做。"大人物随即答道。他再次抽出刀来，拿着它走向同伴。他们没有一个人站出来接刀，全都连连后退，看起来相当惶恐。然后，他们纷纷开始辩白，说他们并不是在抱怨，他们对自己选出的头人满意极了，况且也没有一双更有能耐的手能让他们放心交付此事。

"我很高兴你们这么想，"大人物说道，"告诉你们，我可不是懦夫。我生于1739年9月，是这里第一个见到天光的人，而你们知道，我们正在十九世纪下半叶头十年末尾的七个月零十三天里。由此可知，我是相当的经验丰富、见多识广。我向你们保证，我切开这具躯体时，没人有这个能耐指责我分配不公——谁要这么说，他的份就充公。"

所有人都喃喃同意。又有个人问，他能否分到肝。

"不，先生，当然不能，"大人物答道，"这种事必须全部交给我裁决。我也必须提醒你一件事，切肉者享有优先权，在目前这种状况下，他可以选择把肝留给自己。"

这般声明后，他开始检视依旧握在手里的刀子，朝上轻轻呼气，又用帕子擦拭刀刃，让它在日头下更加闪亮。最后，他终于抬起胳膊挽了几个刀花，朝虚空里戳刺了两三下，然后踮起脚尖走向马丁。马丁被一群黑袍人包围着，在黄草地上静静地躺着，火热的阳光照着他洁白裸露的身体。

　　所有人都立刻逼上前来，伸长脖子，非常兴奋地瞧着：他们在期待大事发生。但就在离马丁相当近时，握刀的小黑人突然被恐惧惊住。他向后跳了两三大步，跳到了其他人站的地方。继而他又从惊惶中恢复过来，静静地把刀子收入衣服里。

　　"我们还真以为你要开始了呢。"人群中有个人说。

　　"噢，没有，没真开始，还没有。"另外一个说道。

　　"真泄气。"又有个人说道。

　　握刀的人转向他，威严地驳斥道："我可真够惊讶的，我解释了那么多后，居然还有人这样说。真希望你们能动动脑子考虑下此事的情形。情况很特殊，因为这个人——这个马丁——并非平庸之辈。我们已经盯了他一段时间，亲眼目睹了他的一些举动，说得委婉些，对他这么个小孩来说是相当惊人的。我们得牢牢记住他开始现在的漫游生活后那么多回表现出的大胆机智和危险暴力。"

　　"可依我看吧，"有个人说道，"如果马丁已经死了，我们就没必要再考虑他的性情和他做过的那些要命的事儿了。"

　　"如果他已经死了！"又有个人厉声叫道，"那可真是一针见血——他真死了吗？你能自信满满地说他不是睡熟，不是昏迷，不是装睡等刀子一沾身就跳起来抓住袭击者，一把掐住对方的脖子吗？我是说那个操刀剖他的人。他就不会把他给杀了，就像他杀死那只琵鹭？"

"那真吓死人啊。"一个人说道。

"可说真的，"另一个开腔道，"总有些法子可以判断一个人死了没有吧？我听说过一个简单有效的方法，就是把手放在他的心口，感觉它还跳不跳。"

"是的，我知道，我也听说过这个法子。非常简单，就像你说的，但谁去试一试？就请提出建议的人上吧。"

"乐意效劳。"那人说道。他迈着小步轻快上前，通身没有一丝惧意。但就在离这具"尸体"越来越近时，他突然站住，环顾他人，然后抽出黑丝帕来，擦拭自己的黑皱额头和秃瓢脑袋。

"哟，"他叫道，"今天可真热啊。"

"我可没觉得天热。"握刀的男人说道，"有时是紧张的缘故。"

这不算什么动听的回应，但确实起了推他上前的作用。他又往前挪了一点，焦虑地审视着马丁的脸。其他的人也逼上前来，但

握刀者警告他们先别靠得太近。那个要检查马丁心跳的胆大鬼卷起黑衣的袖口，又先预演了一下——他伸出颤抖的手，在离"尸体"胸口还有一英尺的地方探了两三回。他又凑近了一点。就在他要碰上去的时候，一股突如其来的恐惧让他骤然缩手。

"咋了？你看到了什么？"其他人叫道。

"不晓得他眼皮子是不是眨了一下。"他答。

"别在意眼皮——探下他的心跳。"一个人说道。

"说得真轻松啊，"他回敬道，"那你们咋不自己来呢？你们要来试吗？"

"不，不！"他们全都叫了起来，"你都接手了，就必须进行到底。"

受到激励，他再度回到"尸体"前，焦虑地检视着马丁的脸。马丁一直从闭得不怎么严实的眼睛缝里看着他们，听着他们说话。他自己也饥肠辘辘的了，不禁将心比心站到了他们那边，而且他也不觉得被切碎吃掉对自己有什么伤害，竟然开始希望他们早点动真格的。他们的焦虑不安让他既好笑又恼火，最后，他终于忍不住突然睁大双眼，大吼一声："摸我心跳啊！"

这就像在人群中间打了一枪。他们都吓呆了，继而全体转身逃跑，争先恐后张开宽大的翅膀，冲向天空。

　　他们已经不再是之前穿着丝绸黑衣的小个子黑人了，而是秃鹫——那种体型巨大、飞得很高的遍身黑色羽毛的大鸟。他见过它们在天上盘旋。在离地那么高的空中，它们的个头看上去还不及蜜蜂或苍蝇。在他望着它们的时候，它们也望着他。他睡着之后，它们又在空中盘旋了几个小时，见他一动不动在原野上躺了那么久，

这才以为他已经死了，一只一只收起翅膀或半收起翅膀飘然落下。它们顺风滑翔，离地越近，个头越大。最后，这些苍蝇似的小黑点儿变成了火鸡那么大的大黑鸟。

可你也看到了，马丁终归没死，它们只好舍下这顿大餐飞走了。

第十章
野马群

当秃鹫群飞起来消失在天际时，马丁觉得非常孤独。这广阔无垠的平坦原野上如此沉寂而冷清，他忍不住希望它们回来与他做个伴。它们在周围踱来踱去，叽叽咕咕地讨论，却不敢凑近辨别他是死了还是睡着了，真是好玩极了。

一整天都是如此孤单。他在夜晚到来前，能走多远就走了多远，但他依然没有走出这片草色枯黄的巨大平原。枯草连天，仿佛没有尽头。早晨出发时看到的蓝色山陵，现在看过去也没有近上一点。到了傍晚，他又饿又渴，而且很冷。他在地上找窝睡觉，能够略微御寒的只有采来铺床的一小把干草，身上什么盖的都没有。

第二天要好一点。马丁走了两三个钟头，来到了黄草平原的尽头，踏上一片高地。那里的土地沙子很多，荒凉贫瘠，零星生长着几丛灌木——黑黝黝，长刺儿，就像假叶树[53]。他来到这片贫瘠土地的最高处，看见高地的另一边是个绿色山谷，在他的视野里绵延不尽。不过能再次看到绿地真是件好事。他下到谷里，找了些甜根来吃，以抵御饥渴。休息过后，他爬上了山谷对面的高地，来到最高处，却发现前方还有一道山谷，就和刚才那道山谷一样。他又在原地歇了会儿，然后慢慢地爬上了对面的高地。那里也是贫瘠的沙地，到处生长着黑黝黝、硬邦邦、长满刺的灌木丛。待他走上最高处俯瞰下方时，看哪！前方又是一道山谷，在他的视野里横向绵延不尽。

难道就没完没了吗？这些荒芜贫瘠的高高山脉，还有山脉之间的长长绿谷！

等马丁艰辛缓慢地走出他最后歇息过的那个绿谷时，天色已晚，他也非常疲倦了。他又爬上了一道山脉的最高处，它和之前的山脉差不多，不过更高、更贫瘠。他望向山脉那边，看！又是个山谷，它比被他抛在身后的那些山谷更葱茏，更宽广。一道河水穿过谷中，像横贯绿野的一条银带——这是一条他无法横渡的宽阔大河，横贯南北无限延伸，极目远眺不见头尾。他到底要怎样才能到达那片群山呢？即使过了大河，它们依旧离这里那么，那么的遥远。

马丁呆呆地凝望着眼前的景象，过了片刻，他觉得累坏了也虚弱极了，就坐到了一株稀疏黑灌木旁的沙地上。泪水涌入他的眼中，他感觉到它们流下了脸颊。忽然他想起，很久以前，在他开始漫游的时候，他也曾落下了一滴泪，有只灰扑扑的小甲虫喝了它恢复了体力。他俯下身来，让一滴泪落到地上，看着它渗入土壤，却没有一只小甲虫爬出来喝它。他觉得更加孤单凄凉了。他想起了所有在荒原上遇到过的奇怪的生灵和奇怪的人，希望能再次见到他们。其中有些生灵或人并不是很友好，但这会儿他都记不起来了。在世上孤零零的一个，连一只小甲虫也不来，真让人悲伤至极。他想起了蜃景中那些美丽的人和空中的黑人、那只鸵鸟、老雅各、野人，还有那条蛇和森林里那只黑鼬鼠。他站了起来环视周围，好像有什么东西要来，可他又什么也看不到，什么也听不到。

不久，深沉的寂静中，传来了一个声音。它似乎从远方传来，极其微渺。继而渐响，渐近。远远的，马丁望见了一片小小的烟云。透过飞扬的尘灰，能看到一个个暗影向他飞奔而来。他听到的那个声音像是男人的一声高呼，但却狂野尖锐，宛似鸟类鸣啼。无论何时那呼声一响，就跟着一串奇怪而混乱的群马嘶声。但真有一群马向他疾驰而来，数量有六七十匹的野马群。现在他能清楚至极地看到听到它们了，这力量和速度看上去真够吓人的。马背上飞扬的黑鬃就像一片黑云，群马奔腾如同雷震，似乎要从他身上横扫过去，用铁蹄将他践踏至死。

就在它们离马丁不到五十码的时候，一声尖锐、狂野的长啸骤然响起，马群突然转向，飞快地绕过他的身畔，形成一个巨大的包围圈。就在它们驰骋而过时，马丁瞥见了他此生见过的最为奇怪的"生物"——一个男人——骑在马背上，全身赤裸，遍披毛发，蜷伏在马上，就像一只狒狒。他弯着腰，用膝盖夹住马的肩脾，双手抓着鬃毛，脖子前伸，就像一只飞行的鸟。正是这位古怪的骑手发出了如人似鸟的尖利长啸。此刻他的啸声变成了马鸣，马群闻声止步，聚集过来，抖动着鬃毛，用狂野的、受惊似的眼睛瞪着马丁。

一眨眼，这位野人骑手就跳出了马群，一忽儿直立行走，一忽儿四脚爬行，来到了马丁身旁。他四条胳膊手舞足蹈，摇头晃脑，挤眉弄眼，嘴里发出马嘶和其他古怪的声音。马丁从没见过这么怪的人！他的躯体又长又瘦，赤条条的一丝不挂，你都可以数出他的肋骨。他的皮肤是泛黄的棕色，头脸上的毛发盖住了他半个人。头发像衰草纠结毛糙地披在肩背上，像片茅草屋顶一样盖住前额，棕色的大鼻子从头发底下探出来，像鸟嘴。他脸上的胡子一样凌乱，一直长到腰际。他用山羊般的黄色大眼睛盯着马丁看了一会儿，然后一跃上前，在他身上东闻西嗅，用鼻子碰触他的脸庞、胳膊和肩膀。

"你是谁？"马丁在惊吓中问道。

可他唯一的回答就是长啸嘶鸣、做鬼脸、向后踢腿。马群走上前来，紧紧围住他们，开始用鼻子触碰马丁。他喜欢这个——它们鼻头的敏感肌肤非常的柔软，好像天鹅绒。他伸手抚摸它们的鼻子。一匹又一匹马跟他互动过后，就转身离去，下到谷里。山谷里很快就散布着马匹，它们多数都在吃草，有的马在打滚，有的马躺在草地上舒展四肢，好像是要睡觉。同时，小马驹们也离开了妈妈，开始撒欢儿玩耍或彼此竞赛。

马丁跟在后面看，简直希望自己也能四脚奔逐，好加入它们的游戏。他信任这些野马，但仍然对那个怪人抱有疑虑。这会儿他已经离开马丁身边，四脚着地安静地兜着圈子，嗅闻地上的草。不一会儿，他在一小片嫩绿柔脆的三叶草[54]中发现了什么他喜欢的东西，开始闻它，用牙把它扯碎，然后转过头来凝视马丁。他的下巴有力地动着，嚼着的三叶草茎叶从他嘴里戳出来，挂在胡子上。突然，他跳起奔回马丁身边，一把将他抓离地面扛到那片三叶草边上，将马丁的脸朝下、四肢着地按在地面上。马丁一坐起来，他就抓住他的头摁下去，直到他的鼻子碰到草上，他想让马丁闻闻这草的味道，晓得它是好吃的。可马丁不想闻，最后他只好又粗鲁地抓住他，逼他张嘴咬进一束草叶。

"这是草，我不该吃这个！"马丁尖叫。他为遭到这样的对待生气地哭了，呸呸地吐出嘴里绿色的东西。

男人松开了他，后退了两三码，一屁股坐下。他瘦骨嶙峋的手臂支在膝上，粗大的棕色手指插进凌乱的长发里，那双大大的黄色山羊眼睛盯着马丁看了好一阵子。

　　突然，一抹兴奋狂野之情出现在他眼里。他一跃而起，发出尖利的叫喊，马群都向他望来。他再次抓起马丁，用胳膊把他紧紧夹在自己肋骨突出的肋部，跳到一匹站着给小马驹哺乳的母马旁。他大力一脚踹走马驹，迫使马丁顶替了它的位子，还把母马的奶头摁进他嘴里，让他更方便些。马丁不习惯这样被喂食，不但拒绝吮吸，还为受到这样的对待不断愤怒哭叫，拼尽小小的力量挣扎不休，想要重获自由。但他的挣扎全是白费。过了片刻，男人见他不肯吸奶，又冒出一个新点子。他把马丁捉得更紧，一手逼他张嘴，一手朝他嘴里挤进一注奶水。一开始马丁又是呛咳又是喷吐又是哭叫，闹得比之前都厉害，可过了一会儿他就安静了下来，带着几分满足吞下了奶水。因为他已经饿极了也渴极了，而马奶非常好喝。不多时，奶头里已经挤不出奶了，他又被带到第二匹母马那里，野人很不客气地一脚踹走马驹子。马丁喝下了比他实际所需多得多的马奶。他开始喜欢上这种好玩的喂食方式了。

　　之后发生的事情马丁就不大明白了，只知道喂饱他以后，男人似乎非常高兴。他把马丁放上马背，围着他又是蹦跳又是舞蹈，发出咯咯的滑稽笑声，然后像马一样四蹄朝天在草上打滚，最后又把马丁拉下马背，要他也来打滚。

但这个小家伙已经累得撑不住眼皮了。下一次睁眼，已是第二天早晨。马丁发现自己正躺在一匹母马和它的孩子小马驹之间，和它俩紧紧地靠在一起。野人也在，他像狗一样蜷着身体睡觉，脑袋枕着小马驹的脖子，大片蓬松杂乱的胡须像一条毯子，盖在马丁的身上。

马丁没多久就习惯了这一切，甚至还喜欢上了这种奇怪的新生活。这些仪态高贵的大野马有着闪闪发亮的皮肤——棕褐、枣红、黑色、红褐和栗色。它们行动之际，黑色的鬃毛和尾毛会拂过草丛。它们对他是如此的友善，他又怎能不爱它们。他在吃草的马群中走过，身边的每一匹马都会昂起头来，用鼻子触碰他的脸和手臂。"噢，可爱的马！"马丁这样叫着，抚摸它们温暖敏感、柔软得像天鹅绒的鼻子。

马丁很快就发现马儿们跟他一样爱玩爱闹，便加入其中一块嬉戏。那天早上，马群花了很长时间吃草，吃饱后，它们就突然集合，厉声嘶鸣，开始小跑。那个野人也一把抓起马丁，跳上一匹马。整个野马群以风驰电掣的速度驰向那片宽广空旷的干旱平原，那正是马丁昨天遇见它们的地方。首次置身飞驰的马群之中，对他来说非常可怕——这群动物以摧枯拉朽之势横扫原野，雷震般的马蹄摇撼着土地，那野人还不断地用一声声尖厉的喊叫来刺激愉悦它们。但片刻之后，马丁也感染了这种激情，他的恐惧荡然无存，和它们一样沉浸在激动狂野中，学着野人放肆呼喊，嚷出自己的最高音量。

跑了一个钟头，它们又回到了山谷。这次马丁不用野人强迫就在草地上打起了滚。小马驹们开始赛跑，他也追在后面。他学着它们立地腾跃、尥蹶子、喷鼻息，可马驹们一跑开，很快就会把无助的马丁抛在后面。野人也一直照看着他，喂他马奶，还一次次邀请他闻嗅品尝这鲜嫩的草叶。最棒的是到了晚上马群又跑了一场。这回，马丁不再被野人紧紧地抓在身边，野人教他（或者说允许他）自己抓牢。马丁两腿夹住野人的身体，双手抱住野人的脖子，手指牢牢揪住他那把粗浓杂乱的大胡子。

三天的时光便如此度过。如果和野马群长久相处下去，他本会成为其中一员，也许现在已经学会了吃草，忘记了人类的语言。那样他会是一个命运截然不同的小男孩。但这种事情并未发生，到最后，他还是意外地离开了马群。

那是在第三天快要结束的时候，太阳渐渐西沉，所有的马匹都分散在谷中静静吃草，可突然有什么惊动了马群。也许它们见到或听到了什么可怕的东西，也许是风儿捎来了远方天敌或猎人的气息，突然之间，它们全都疯狂躁动起来，从四面八方跑向它们的领队。野人一把抓起马丁，飞身跨马。马群开始全速飞奔，却没有跑向以前常去的平原，而是逃往相反方向的大河。它们从岸上跃入河中，游进又宽又深的危险流域。每匹马一跃进水中，就会溅起惊人的水花，然后瞬间消失。下一秒钟，它们的头和脖子上半部便会浮出水面。很快整个马群都下了河，在马丁看来这就像一群没身子的马头在游泳。而他正抓着野人的脖子和胡须，半个身子露出那冰冷湍急的水流。用这种方式，他们最终集体都安全地渡过大河上了对岸。一出水，野马们甚至没有甩干身上的水珠便开始全速奔驰横穿谷地，冲向远方的山峦。到了山谷对面离河约莫一英里的地方，低洼地面上生长着大片被夏日的高温烤得又干又脆的芦苇。马群直直冲进了芦苇丛，在里面费力挣扎，左冲右突。芦苇已经枯死，干枯的茎叶比马头还高，也太过稠密，要从里面钻出相当艰难。现在他们已经陷在了最困难的地块中央，遍覆低洼地面的干硬枯苇开始在沉重的马蹄下偃伏。马的膝盖陷进了芦苇，绝望至极地挣扎着。混乱中，马丁被甩了下去，跌到芦苇丛里。他很幸运地没被踩到，却被它们落在了后面。这是多可怕的情形啊——整个马群终于成功突围了，却把他留在了这么黝黑孤寂的地方！他一直听着沉重的蹄声和男人的长啸在远方消失，接下来的寂静和黑暗令他害怕。他挣扎着想要出去，但芦苇实在太稠密了。向前奋力推行十二码后，他跌进芦苇丛里，再也没力气动弹了。

近地的空气灼热、黏稠而又凝滞，但头枕大地笔直望天，他能看到，在芦苇枯茎败叶间的空隙里，泛白夜空闪烁着点点星辰的光亮。可怜的马丁什么都做不了，只能呆在这拥挤黑暗的地方，凝望天穹，直到脖子酸痛。可后来他到底又燃起了一点儿希望——他听到了一个熟悉的声音——野人那尖厉的长啸。声音越来越近了，他又听到了马蹄声和野马的嘶鸣。啸声和蹄声一时变响，一时变弱，听来一时在这儿，一时在那儿。他知道，他们正在找他。"我在这儿，我在这儿！"他叫道，"噢，亲爱的马，快来带我出去！"可他们没有听到他的呼喊。最后，马群的嘶叫和野人狂野的长啸完全消逝了。马丁孤零零的一个人，留在这漆黑寂静的地方。

第十一章
山陵夫人

◆————————

　　伸手不见五指，可怜的小马丁根本无法逃离，只得在那儿待了一整夜。但拂晓带来了安慰。这下，他终于能看清那些四面包围的芦苇了。双手拨开芦苇，他艰难地在芦苇丛中前进。不多时，阳光触及了这些高大植物的尖梢。他一路朝着阳光照来的方向走，很快就逃离了这个牢笼，再度见到了天空和大地。又走了一段路，他来到山谷中一片草地，找来一些甜根吃了，大大恢复了体力。最后，他走出了山谷，踏上草木深茂的高原，前方的山峰比以前近了一大截。之前它们一直都像一堆堆深蓝色的云团漂浮在此，现在他看到了，它们就是实打实的岩石，蓝色的岩石在这绿色世界上高高地砌起了悬崖峭壁。他看到这些堆起的岩石表面粗糙，岩峰上满是裂纹和褶皱，而树和灌木扎根其上，在这里那里铺下一块块绿色。这般景象对傍晚时分站在这广阔绿野上的马丁来说是多么的不可思议啊！低垂的夕阳自后方平射过来，照耀着马丁赤裸的脊背，使他看上去就像一尊用最洁白的大理石或雪花石膏琢成的小男孩雕像。渐渐的，他凝视着的景象变得更迷人了——随着太阳落下，山体颜色由岩蓝幻化为紫色，那是熟李与葡萄的艳紫，但比那更为美丽鲜妍。几分钟后紫色褪去，群山变得昏暗朦胧。天已经太晚，他没有力气再往前走了。口干舌燥又饥肠辘辘之时，他找到了一些小小的白莓果[56]，充当了一顿可怜的晚餐。随后他捡了些干草，堆成一小堆躺在上面，很快便沉沉睡去。

第二天快傍晚的时候，马丁终于来到了山峰下，或者说山脉之下。抬头望去，大山就像一道巨大石墙，岩缝和峭壁上长着各种乔木、灌木和爬藤。往前走了一段，他来到了一个可以向上攀登的地方，慢慢往山上行进。起初，他很难抑制欣喜，因为山上见到的每样东西都那么新奇古怪。他还发现了一些非常美丽的花朵。但随着山路的艰险，他每走一步都变得更累、更饿。更糟的是，他的腿开始酸痛，每走一步抬起来都很困难。这是一种古怪的痛感，在他的整个漫游之旅中，他强壮结实的小小双腿从未感受过这种疼痛。

一朵云飘来遮住了太阳，凌厉的风吹得他瑟瑟发抖。紧接着又是一场阵雨。马丁浑身酸痛，淋得凄惨，只好爬进岩堆下的一道岩缝里暂避风雨。那里雨打不着他，但风仍然能吹到他身上，冻得他牙齿咯咯打战。他想起了妈妈，想起了他失去的那个家里的一切安适——饿了有面包、牛奶，冷了有温暖衣衫，还有那张盖着雪白被单的柔软小床，他曾夜夜躺在床上甜甜安睡。

"噢，妈妈，妈妈！"他大声叫喊，但妈妈离他太远了，听不到他的哀怨呼唤。

雨停了，马丁爬出了岩缝，拖着已经被尖石磨出血的小脚，试着继续往上攀登。他在一处发现了一些匍匐生长的小株桃金娘[57]，上面长满了成熟的白色果实。虽然这种果子的味道非常浓烈，可他已经饿坏了，还是狼吞虎咽塞了一肚

桃金娘

子。吃完果子，他觉得自己不可能再往上爬了，便环顾四周，想找个
干燥的、能遮风挡雨的过夜之所。不一会儿，他来到了一块巨岩上。
它光滑平坦，看上去就像屋里的地面，约有四十码宽。上面只生着几
小撮灰色地衣，其他什么都没有。但就在巨岩另一侧，陡直险峻的石
壁下，有一张由高高的、绿色的、黄色的蕨类组成的厚"床"，马丁
想在那里找个地方睡觉。他慢慢地、一跛一跛地走过这片开阔地，不
断为他每走一步感受到的疼痛而哭泣。可当他走到这张"蕨床"前
时，他突然看到，一个奇怪的身着墨绿裙装的女子正坐在被高高蕨叶
环绕的一块岩石上，定定地凝视着他，眼中满是爱意和怜惜。她身边
蜷着一头黄毛巨兽，遍身点缀眼状黑斑，脑袋又圆又大，就像一只
猫，体形却比他见过的最大个的猫大上百倍。它发出了一声低沉的咆
哮，站起来，用炽热的黄色大眼睛瞪着马丁，吓得他不敢再挪一步，
直到那女子非常温柔地叫他不要害怕。她拍抚巨兽让它躺下，然后倾
身拉过马丁的手，把他牵到自己的膝前。

　　"遭了罪的可怜小孩儿，你叫什么名字？"她俯下身来，温柔
地问道。

　　"马丁。那你叫什么？"他仍有些抽抽搭搭的，用一对小拳头
揉着眼睛。

　　"人们叫我'山陵夫人'，我独自一人住在山里。告诉我，马

丁，你为什么哭？"

"因为我太冷了，而且——而且腿还这么疼，而且——而且我想回到妈妈那里。她就在那儿。"他抽噎一下，模糊地指向远方的平原。大平原就在他们脚踏的山峰之下，一直延伸到蓝色天际，深红的太阳将从那里升起。

"让我来做你的妈妈，你和我一起住在山上吧。"她抚摸着他冰凉的小手，"请叫我妈妈，好吗？"

"你不是我妈妈，"他用温暖的口吻回答，"我不想叫你妈妈。"

"我这么爱你，你都不肯叫我妈妈，亲爱的孩子？"她恳求着，俯下身来，直到嘴唇都快碰到他转开的脸了。

"那只斑点大猫怎么这样瞪我！"他突然说道，"你觉得它想杀了我吗？"

"不，不，它只想和你玩。你都不肯看我一眼吗，马丁？"

马丁依然抗拒着，但她的手让他觉得非常温暖安慰——这是一只保护着他的温暖大手。这种感觉是如此之好，过了一小会儿，他的手便顺着她美丽白皙的温软手臂一路向上，摸到了她的头发。她的发丝没有束起，乌黑地披散下来，比最细的绢丝还要纤柔，铺满肩膀流泻而下，一直触到了她坐着的岩石。他的手指在她的发丝里

穿进穿出，手像陷进了小鸟窝里，滑过皮肤的发丝温暖柔软，触感就像小鸟巢的绒羽。然后，他摸到了她的脖子，允许自己的手停在那里休憩——那是一个如此柔滑而温暖的颈项。尽管他小小的叛逆心灵还未被完全征服，他还有些不太情愿，但他还是抬起头来，望向她的容颜。噢，她可真美！想赢得他心的爱意和渴望，让她洁净的橄榄色肌肤泛出了丰润的红色。温暖的呼吸从她半开的甜美红唇里飘出来，吹拂在他脸上，香氛更胜野花。她的深色大眼睛向下凝视着马丁，眼中充满柔情。望着这脉脉含情的双眸，马丁感到一股陌生的小小战栗穿过了他的身体，却不知是愉悦还是伤怀。"亲爱的孩子，我这么爱你，"她说，"你就不肯叫我妈妈？"

他垂下了眼睑，嘴唇颤抖，为最终被她征服而微感羞耻，他耳语般轻唤："妈妈。"

她把他抱起来，紧紧地搂在胸前，温暖似大氅般的头发裹住了他的身体。不到一分钟，他便不胜劳累，在她怀中里陷入了酣眠。

第十二章
地下的小人

　　马丁醒来时，发现自己身处昏暗石室，躺在一张温暖绵软的床上，如丝的长发正盖在他的脸上、脖子上和手上。他知道，他依然和那位古怪的新妈妈——美丽的山陵夫人——呆在一起。她见他醒了，就把他抱起来，紧搂在她的胸前，走过长长的蜿蜒石径，走进外面明亮的清晨阳光里。岩石中不断涌出一道清澈至极的细细泉流，她用泉水清洗了马丁刮伤的、瘀青的皮肤，给他涂上气味甜蜜的药膏，又拿给他吃的喝的。那只斑点巨兽一直坐在旁边，像猫咪一样咕噜咕噜地叫，还时不时想诱使马丁从女子的膝头下来，和它一块儿玩。但她不让他离开怀抱，一整天都在照看他，抚摸他，好像他是一个无助的小婴儿，而不是一个强壮坚毅的小冒险家——一路走来，他已经证明了自己的意志和力量。她还一定要马丁告诉她，他是怎么走丢的，还有他在荒野漫游中遇到的一切不可思议的事情——蜃景中的人、老雅各、野人、大森林、毒蛇、猫头鹰、野马，还有天上的黑人。但马丁说得最多也问得最多的，就是蜃景和那支人物秀丽的仪仗队。

"你觉得这都是梦吗？"他一直问她，"那位女王，还有所有那些人？"

她被这个问题惹恼了，转过脸去，拒绝回答。他说起其他事情的时候，她总是温柔又慈爱；可只要他一说起蜃景中的女王和她赐予的礼物，她就会变得不耐烦，还会责备他提起这么愚蠢的事情。

最后她还是回答了，告诉马丁这是一个梦，一个非常非常无聊的梦，一个压根不值得做的梦；他决对不该再提起一个字，应该想都不去想，把它忘光光，就像他从前忘记其他所有空虚愚蠢的梦一样。说这个的时候她的口气颇有点严厉。说完以后她又微笑起来，抚摸着他，许诺说，他下次睡觉时一定会做个好梦，一个值得做的梦，而且值得记住，值得诉说。

她把马丁拉开了一些，让他坐在膝头，看着他的脸说道："噢，亲爱的小马丁，你看起来真可爱，真乖。你是我的了，是我甜甜的乖宝贝。只要你和我一起住在山上，爱我，叫我妈妈，就会一直幸福快乐，不论你睡着还是醒着，见到的一切都会显得奇异美丽。"

这是真的，他看上去相当可爱，肌肤白里透红，血色在两颊上加深，非常漂亮；明亮泛金的栗色发卷浓密厚实；双眼是一种非常明亮的蓝色，他看着你，就像鸟儿的眼睛一样热诚而直率，似乎什么都没想，却又什么都看在眼里。

听了这些，马丁真想倒头就睡，好梦见她许诺的美梦。但热切的盼望反而让他一整天都非常清醒。甚至当他在大山中心的昏暗石室里上床睡觉时，他还是清醒了好久才睡过去。但他不知道自己已经睡着了，还是觉得非常清醒。他听到石室里有个声音在说话，便侧耳想听它说些什么。

"你知不知道，和地面上一样，地下也有很多奇怪的东西？"

这个声音说。

马丁没法看到说话人，可他答得相当大胆："不——地底下没东西，只有泥巴、虫子和植物的根，我挖地的时候见过。"

"噢，但那里真有！"这个声音说，"你可以自己去看。你只需要找到一条去地下的路，顺路走就行了。现在你面前就有一条路，你可以看看你躺的地方，这儿有个入口。"

他看了看，这里果然有个入口，昏暗的通道贯穿坚硬岩石通往地下。他激动得跳了起来，想要看更多不可思议的新玩意儿，顾不上看一眼是谁对他说话，就一头跑了进去。光滑的石头地面向下倾斜，通道一圈又一圈无穷无尽，但这圆圈是如此之大，马丁都不知道自己是不是笔直向前行进。你有没有碰巧见过一只秃鹰、鹳鸟、秃鹫或其他什么大鸟，它绕着巨大的圆圈飞上天空，每绕一圈就离地更高一些，直到在浩瀚蓝天上变成一个小小黑点，最终全然消失？马丁现在就像那样，一大圈一大圈盘旋而下，一直轻快地奔跑，没有片刻迟滞，也丝毫不觉疲劳。他不断地盘旋，只不过不像冲天飞鸟那样是不断上升、上升，而是不断向下、向下、向下，一直来到山下极深的地底，从未有一只秃鹰、飞鹤或老鹰能够飞到距离山巅那么遥远的高处。

他终于出了隧道，跑进一个开阔大厅。这里空间极大，不管朝哪个方向看都看不到边。岩石穹顶被许多巨大的石柱支起，石柱森森，像大片的糙皮树林，它们比50加仑的大桶还粗上好多倍。穹顶或者说上方的岩层中到处都是巨大的黑色洞穴，马丁抬头看去，几乎被吓到了。这些洞窟是那么大，那么黑暗，不论是日光还是月光，都无法到达地底这么幽深的地方。这里的光明来自大火，铁匠炉里的炉火在他周遭燃烧，腾起高高的烈焰，冒出黑色烟云，黑烟升起，通过穹顶上这些巨大洞窟飘了出去。一群群人聚集在铁匠炉周围，像铁匠一样忙着烧热金属或敲打铁砧。马丁从没见过这么多人，也从没见过像他们这样忙碌的人。他们叫喊着四处跑动，与人争论，用背上的篮子来去搬运重物。这些人，这喧闹，这烟尘，这耀眼的火——这一切对马丁来说太多了，有那么一会儿，他都想转身跑回来时的隧道里。但这里的奇异留住了他。他开始更仔细地观察这些人。他们是生活在地底的小人儿，和他以前在地上见过的人都不同。这些小个子看上去非常结实健壮，穿着粗劣的黑衣，满是尘灰和煤污。他们脸庞黧黑，头发很长，胡须蓬乱，胳膊修长，手掌阔大，跟狒狒似的，而且没有一个人比马丁高。看着他们，他一点都不觉得害怕。他只是非常想知道他们是谁，在干什么，为什么干起活来这么兴奋吵闹。于是马丁便冲到人群里，来到聚集了很多人的铁匠炉前，好奇地凝视着他们。然后他注意到，他冲到他们中间的举动酿成了极大的骚动。他一现身，所有的工作立马停了。一篮篮木头落到了地上，锤子和各种工具都被放了下来。他们盯着他，指着他，全都在叽叽喳喳地说着什么，这声音就像一千只凤头鹦鹉[58]、金刚鹦鹉[59]和长尾鹦鹉[60]一同尖叫。马丁不知发生了什么，也听不懂他们在说什么。他只能相当清楚地看到，他的出现惊吓了他们，惹恼了他们，因为他一往前走，他们就向后退，聚集在一起，瞪着他，拿手指着他。

最后，他终于听出他们在说什么了，他们全都在大呼小叫地议论他。"看看他！看看他！"他们叫道，"他是谁啊？什么，马丁——那个马丁？绝对不可能。不，不，不！是他，是他，是他！真是马丁——什么都没穿的马丁！不可能。没有丝毫可能！不可能啊！这才不是他呢！从没发生过这么奇怪的事！光着身子——你说马丁是光身子的吗？噢，糟糕透顶！从头顶到脚趾，赤条条得跟刚生出来一样！没衣服——没衣服——噢，不，不可能是马丁！他就是，就是他！"他们不停地叫啊嚷啊，最后马丁再也受不了了。他已经光屁股好多好多天了，都已经不再惦记这事了，实际上他都忘了自己是光身子的。现在突然听到他们的叫声，看到他们如此的骚动，他低头看看自己，果然如此——他什么都没有穿。他又

长尾鹦鹉

羞惭又害怕，心想他可以跑开，藏到地底哪个岩洞里。但他无处可藏，因为这会儿他们那么多人全都聚集起来，把他团团围住，无论他转向哪边，都能看到成百上千张兴奋的黑脸，看到几百只脏兮兮的手都指着他。马丁突然瞥见满是灰烬和煤渣的地上有块旧衣服碎片，心想可以拿它先遮挡一下，便慌忙将它拾起。就在他要把布片围上身的时候，人群中爆发出一声大吼："不！"他差点要被这声吼震聋了，手里拿着这块肮脏的旧布片，站在那里浑身发抖。一个小人向他走来，一把夺过布片，气冲冲地摔到地上。他似乎害怕待在离马丁这么近的地方，又退回到人群之中。

就在这时，马丁听到有个非常轻悄的声音在他耳边说话。他环顾四周，身边却不见有人。他知道，他在岩洞中睡觉时，就是这个声音跟他说话，指引他来到地底的。

"别害怕。"这个温柔的声音对马丁说，"告诉这些小人，你的衣服弄丢了，请他们拿点东西让你穿上。"

刚才还双手捂脸，不愿看见愤怒人群的马丁，此刻鼓起了勇气。他望着他们，呜咽着说："噢，小人们，我的衣服弄丢了，你们能拿点东西让我穿上吗？"

这句话效果惊人，立刻就引发了奔跑大潮，所有的小人都急遽

四散，在匆忙跑开的过程中一路叫嚷，彼此绊倒。在马丁看来，他们好像在为了什么东西进行一场大争斗或大竞赛。他们都挣扎着去抓一只盖着布的小篮子，看上去就像一场几百个人一块儿玩的足球赛，所有人都争相去抢球。终于，有个人成功地抓到了篮子，从所有阻碍他的人手里逃脱，一路奔向马丁，把篮子扔在他脚下，掀开盖布，映入马丁眼帘的是一包人类（无论是孩童还是成人）的眼睛见过的最美丽的衣服。马丁欢叫一声，把衣裳从篮子里拉了出来，但下一秒，一个看上去颇有地位的大白胡子小人就跳上前来，一把从他手里抢走了衣服。

"不，不，"他叫道，"这些不配给马丁穿！它还会变脏！"说着，他一把将衣服甩到满是煤渣和泥尘的地上，激动万分地用脚狂踩。然后他又把它抓起来，抖了几下，所有的人都看到，它竟一尘不染，像之前那样鲜亮美丽。马丁想从他手里把衣服接过来，但老人就是不松手。

"马丁决不能穿这么寒碜的衣服，"老人叫道，"它甚至都还不防潮。"说着他就把衣服扔进了一大桶水里，跳进去用脚踩踩。可当他把衣服从桶里拉出来，在人们面前抖了抖水后，所有人都看到，这套衣服还像之前那样滴水不沾、色泽亮丽。

"给我吧！"马丁叫道，他觉得这样总该好了。

"马丁决不能穿这么寒碜的衣服，它还抗不住火烧呢。"老人叫着，一把将衣服甩进了火炉。

现在马丁完全放弃拥有这套衣服的希望了，他准备为它大哭一场。可就在这时它们又被从火里拽了出来，火焰似乎丝毫未能毁损或弄脏它。马丁又一次伸出了双手，这回他终于被允许拿走这套漂亮的衣服了。就在他欢叫一声，紧紧抱住衣裳的时候，他醒了！

他的头枕在新妈妈的胳膊上，她醒着，正看着他。

"噢，妈妈，我做的梦棒极了！噢，那衣裳可真漂亮！我为什么醒得这样快呀？"

她大笑起来，摸摸他的小胳膊，原来那套美丽的衣裳正被他自己双手攥着贴在胸口——正是他美梦里的那件！

第十三章
广阔蓝海

在普天下所有的陆地上，不，或许是在整个广阔的世界中，都找不出一个比马丁更快活的小男孩儿了。一觉从梦里醒来，他穿上这套新衣服，走出岩洞，步入清晨的阳光里。他感受到了衣料的舒适，它比最纤细最柔软的羊绒或丝绸还要细滑绵软，冷的时候为他保暖，热的时候又清清凉凉，雨落在身上它依然干爽，泥土也无法将它弄脏，棘刺也不能把它刮破——最重要的是，它是他见过的最美丽的衣裳。它的颜色近距离看是深苔绿色，在暗处看上去也同样如此。可一到太阳底下，它就会闪闪发光，好像有许多五光十色、光芒耀眼的细小珠粒缝缀在衣料上。不过衣料上并没有珠粒，是闪光的线让它如此炫目，亮得像阳光下洁净的沙粒。近看这布料，你会看到上面的可爱织纹——小叶子和小花朵。小叶子像苔藓叶，小花朵像琉璃繁缕[61]，但大小还不及琉璃繁缕的一半，有红、黄、蓝、紫四种颜色。

但是，除了这可爱衣服，还有许许多多的事让他觉得快乐和满足。头一件便是山中这位美丽的女子爱他、珍惜他，每天让他用"妈妈"这个甜蜜称谓呼唤她那么多次，他几乎都要忘了她并不是他真正的妈妈。马丁他现在住着的一大片岩石山坡就是他的乐园，他可以整日在嶙峋的岩石、过于茂盛的爬藤和在山下平原从未见过的芬芳奇花间游荡。他在这里看到的鸟和蝴蝶、懒洋洋地盘在石头上的蛇，还有那些爬动极快的小蜥蜴，都跟以前看到的不大一样。甚至连水都透着古怪，看着比平原上的更

琉璃繁缕

美。它源源不断地从原生岩石中涌出，在阳光的照射下如水晶一样闪烁。哪怕他在最热的日子把手放进去，感受到的水温也总是冰冰凉凉。也许最不可思议的事情当属他的双眼所能见到的辽阔——他的目光从山坡移开去，可以穿过平原，看到他曾走过的阴暗大森林，看到森林后方的大地向更远处延伸，直至归于无垠。

马丁还有一位玩伴，是只个头硕大的黄斑猫。它总是紧跟着他，随时准备来场嬉闹，还用一种相当奇怪的方式跟他玩耍。每次当马丁要来个跳跃，或从陡坡上冲下去时，黄斑猫就会轻手轻脚紧随他身后，从柔软的大脚垫里伸出一根指甲——一根硕大雪白的指甲，大得像猫头鹰的喙——突然把他给扯回来。到最后，马丁会忍无可忍，抄起一根棍子转向他的玩伴。黄斑猫会假装害怕，以惊人的跳跃步幅扫过灌丛和巨石，逃窜开去，在山坡上倏然消失。但很快它又会绕道偷偷溜回，突然跳到毫无觉察的马丁身上，抱着他在地上翻滚、咆哮，似乎很生气。为了演得更逼真，它还龇出一口大白牙来吓

唬马丁，实际上它却从不伤他分毫。它与马丁玩耍的方式，就和大猫假装要惩罚它的小猫崽一个样。

马丁稍许显露一点厌倦之色，山陵夫人便会把他叫到身边。她躺回绿蕨丛中，解散长长的丝滑秀发供他玩耍，因为马丁总是很爱玩她的头发。过后，她又把秀发绾了起来，把黄色花朵和亮泽的深绿树叶簪在发间，把自己打扮得更加动人。其他时候，她会让他骑在脖子上，像野山羊一样敏捷腾跃，跳上那些最陡峭的地方，从一个峭壁跳上另一个峭壁，沿着一道道狭窄的岩架翩翩起舞，他俯瞰下去都会头晕目眩。在太阳快要落山，岩石和树木的长影开始爬上山陵的时候，夫人已经用野果、蜂蜜和其他山野美味喂饱了马丁。这时，她会半坐在岩石上，让马丁躺在她胸前，悠悠地摇晃身体。玩着她披散的发丝，听着她边摇晃边吟唱的歌声，马丁会很快地沉入梦乡。

早上醒来，他总会发现自己仍然在那个光线幽暗的大岩洞里，被她紧拥在胸前。差不多每次苏醒，他都会发现她在哭。有时睁开眼睛，他发现她还睡着，脸颊却挂着泪痕，说明她已经醒来哭过了。

一天下午，见马丁厌倦了玩耍，山陵夫人费了番功夫也没能将他逗乐，就抱起他径直登上陡峭的山坡——坡面太陡了，连黄斑猫都很难跟上他们。最后，她把他带上了山陵之巅。环顾四周，他似乎能看到整个世界在他脚下延展开来。低头看去，一些野牛正在半山腰的山坡上吃草。从这么远的地方看过去，它们的个头还不及老鼠大呢。向东遥望，就在平原尽头，荡漾着一片浩瀚的蓝海。它延展数里直至溶入蓝色天际。

"带我去那儿！带我去那里！"马丁喊了起来。

山陵夫人只是摇了摇头，笑起来，试图用笑声让他打消主意。她一再想抱他下山，可他拒绝离去。他不说话，也不肯抬头看她恳求的脸孔，只是定定地望着远方那对他有着万千吸引的蓝色海洋。它似乎是马丁见过的最奇妙的东西了。

到后来，山巅变得寒冷。她温柔地说着安抚的话语，让他转过头来，望向天穹的另一边。那里的太阳恰好藏在大堆云团之后，暗紫深红叠起峰巅，恰似玫瑰色的珍珠山峦，而云霞背后的整片天空就像泛白的淡黄火焰。这丰富变幻的色彩让他的心里充满了惊奇。在这一刻里他暂时忘却了大海，欢喜地叫出声来。

"你知道吗，亲爱的马丁，"她说，"如果我有一双翅膀，能带你一起飞过去，你就挂在我的胸口，像小蝙蝠挂在黄昏飞行的蝙蝠妈妈身上，飞到那个一切看起来光明美丽的地方，我们会看到什么呢？"

"看到什么？"马丁问。

"只有黑沉沉的云朵，里面满是雨水、刀割般的冰雹和雷鸣电闪。大海也是同理，马丁。你远远看着它的时候，它会让你爱它；但是，噢，这真是残酷又阴险，一旦它将你控制在股掌之中，它会比云中的雷电更加可怕。你还记得吗，当你第一次来到我身边，光着身子冷得发抖，小小的赤脚磨出水泡，还被锋利的石头割得流血，我是怎样用爱来抚慰你的，而你也觉得躺在我胸前既温暖又快乐，不是吗？大海可不会那样抚慰你，它会把你紧扣在它冰冷的胸口，用苦咸的嘴唇吻你，让你沉到那永恒的黑暗之所，在那里，你将永生永世都再也见不到蓝天、阳光和花朵了。"

马丁颤抖起来，更紧地依偎在她身上。夜的阴影正向四周扩散，她坐在岩石上前后轻摇，喃喃说着温柔甜蜜的话儿，直到她悦耳的声音和胸前的暖意促使他睡去。

第十四章
山中奇景

现在，马丁觉得睡在山陵夫人怀里特别舒服，还发现被她如此温柔地凝视着非常幸福，但他已经不再是那个从未见过远方大海的快乐小男孩。她了解这一点，心中困扰不已，急着要做点什么来让他忘记那片一望无际的蓝色海洋。她能做很多事情，首先她可以向他展示山中种种新奇美好的生灵，她希望能将他永远地留在山里，和她在一起。她抚养他，白天照看着他，夜里搂抱着他，用双臂做他的枕席——可这一切对他来说都抵不过新奇古怪的胜景。她非常了解这一点，因此决定满足他的渴望，让他的生活无比丰富充实，让他对此再满意不过。

　　早晨，马丁离开岩洞走上山坡，无精打采地在岩石间闲逛。黄斑猫发现了他，想逗他玩耍，但他拒绝参与，因为他的失望劲儿还没过去，满脑子除了大海什么都没法去想。可黄斑猫并不知道他怎么了，要和他嬉戏的想法反而更加坚定了。它一会儿蹲在这儿，一会儿趴到岩石和灌木间，然后跳到马丁身上，用两只大爪子把他拉倒在地。马丁生气极了，捡起一根棍子狂暴地打向这只折腾他的动物。但黄斑猫速度太快，倏地闪开，还打掉了他手里的棍子。最后马丁为了躲开它，爬到了它够不着的一处岩缝里，甚至当山陵夫人来寻找他，恳求他来到她身边时，他都拒绝出来。最终饥饿把他给逼了出来，他回到她身边，含怒不语，也不愿接受爱抚。

　　过后，他没再见到那只猫。第二天，他问它在哪儿，山陵夫人说它已离去，再也不会回来了——是她将它赶走的，因为它惹恼了马丁。这让马丁生气了，要是她没有抓住他紧抱在怀里，他就要跑到她找不着的地方躲起来了。他想挣开，却未能如愿。她抱着他，往山下走了很远，来到一个有林子的小山谷。那里碧幽幽的，满是匍匐植物和灌木丛，干燥的苔藓还给土地铺上了厚毯。她在这里坐下，开始和他谈话。

"这只猫皮毛上有斑点，是头非常漂亮的野兽，"她说，"你有时喜欢和它玩儿，可没过一小会儿，你就但愿它走开别理你了。"

他问她为什么要赶它走。

"因为虽然它很喜欢你，爱跟着你到处转悠，和你玩儿，但它毕竟非常凶猛强壮，所有的野兽都害怕它。只要它和我们在一起，那些野兽就不会过来。但现在它已经走了，它们就能接近你了，也会允许你接近它们。"

"它们在哪？"马丁问。这话大大地激起了他的好奇心。

"我们就在这里等吧，"她说，"过一会儿说不定就能看到一只。"

于是他们等在那里，都没有说话，因为没有东西过来，也没有发生什么。马丁坐在苔藓覆盖的地面上，开始感到一种奇怪的困意正悄悄拂过他的身体。他揉了揉双眼，环顾四周，想保持十足的清醒警觉，不要错过任何可能到来的生灵。他恼恨自己居然觉得昏昏欲睡，想弄明白这是为什么。听着那连绵不断的蜜蜂低哼，他推断出，就是这低沉轻柔的嗡嗡声让他想睡觉。他看着这些蜜蜂，它们和他认识的其他野蜂不一样，形状像蜜蜂，却又比它们小得多，全身都是金棕色。几十几百只蜜蜂飞来飞去，它们的家巢就在他头顶上几英尺处的岩石里面。他站起来，从妈妈的膝头爬到她肩上，站在上面，看向有大批蜜蜂涌出的岩缝，发现它们的巢里装满了一簇簇圆形的小东西，看上去像是白色浆果。

他爬了下来，告诉她他看见了什么，想知道关于它的一切。当她说这些果实一样的小圆物体是蜂房，里面装满了又甜又咸的紫色蜂蜜时，他希望她能弄一些来。

"不是现在，不是今天，"她答道，"因为现在你爱我，对和我在一起感到满意，你是我亲爱的孩子。等你调皮捣蛋，竭尽所能让我伤心，还想逃掉再也不见我的时候，你就会尝到这紫色蜂蜜。"

他疑惑地望着她，为她的话感到困惑不安。但她对着他仰起的小脸笑得那般甜蜜，她看上去是如此的美丽、温柔，这几乎让他哭了出来，他想到自己之前是多么的任性、多么的惹人烦恼。他爬上她的膝头，小小的脸贴上了她的面颊。

然后，在他还依恋地蹭着她的时候，石径上响起了轻盈的脚步声，灌木丛间走来了两只漂漂亮亮的野生动物——一只母鹿带着它的小鹿！马丁以前也经常在平原上看到野鹿，但它们总是在离他很远的地方跑动。如今它们就站在他的面前，他可以清清楚楚看到它们的样子。在他见过的所有四足动物中，它们无疑是最可爱的，身形纤细，皮毛是非常鲜艳的浅红褐色，小鹿的体侧还带着斑点。这两头鹿都长着喇叭似的大耳朵，当它们用漆黑温柔的大眼睛凝视马丁时，这对耳朵会竖起来好像特意在聆听什么。马丁着迷了，他从妈妈的膝上滑了下去，向它们伸出了双手。母鹿稍许靠近了一点点，怯怯地闻了闻他的手，然后用粉色的长舌头舔舐它。

片刻后，母鹿便带着小鹿离开了，他们再也没有见到它们。但它们让马丁的心充满了喜悦和激动。它们还只是他在此地见识的多种多样奇异美丽的野生动物中最先现身的。接下来的好几天，他都没有去想别的东西，也没有盼着更好的。

但有一天，山陵夫人带马丁在山坡上攀登了好一段路后，马丁

突然认出，眼前那座高大绝壁正是她带他上去过的地方。在这绝壁
之上，他曾看到过广阔无际的大海。马丁立刻就要山陵夫人带他上
去，她拒绝了，他就反抗，先是情绪激昂，继而愠怒不语。山陵夫
人发现无论自己说什么他都不会听，她便在一块石头上坐了下来，
不再理他。他自己无法爬上绝壁，便漫无目的地走了一段路，想着
要藏到她找不着的地方去。因为他觉得她不让他再看一次大海，太
无理、太无情了。但不一会儿，他看到一块岩石下的苔藓床上卧着
一条一动不动的蛇，太阳照在它身上，点亮了光泽溜滑的鳞片，它
们闪耀得就像宝石或彩色玻璃。他把双肘挂在石头上，双手托脸，

趴下来细看这条蛇，发现尽管它像是在日头下酣睡，但它宝石般的眼睛睁得大大的。

突然，他感到妈妈的手放到了他头上。"马丁，"她说，"你想知道蛇睁着眼睛躺在亮晃晃、热乎乎的太阳光里是什么感觉吗？我要让你感受一下吗？"

"好啊，"马丁渴望地说，他把他们的争吵忘了个一干二净。她用强壮的双臂抱起了他，快步走回他们刚刚见过母鹿和小鹿的地方。

她放下他，马丁一坐下，耳中瞬间便充满了蜜蜂的嗡嗡声。然后她立刻把手伸进岩缝，拉出一串白色的蜂房巢室，将它递给马丁。他破开其中一个巢室，看到里面满满都是紫色的稠蜜。他尝了尝，发现这味道就像非常甜美的蜂蜜里头掺了一点儿盐。他喜欢这味道，又有点不太喜欢。然而，不是每个巢室里的蜜都滋味相同，有的巢室里就几乎没有盐味。他开始一个接一个地吮吸巢室中的蜂蜜，想找到一个没有盐味的。不一会儿，蜂巢便从他手中掉了下来。他弯腰想把它给捡回来，却忘了要做什么，一头就栽到了地上。他在苔藓地上舒展四肢，用困倦、愉悦的眼睛朝上望着妈妈的脸庞。躺在太阳地里，阳光直直地照进他的双眼，将他全身心都灌满温暖的热度，这一切都似乎是多么甜美啊！现在他什么都不想要了，甚至不再想看到新鲜的美妙事物。他忘记了大海，忘记了奇异美丽的野生动物。他唯一的想法，如果他还有个想法的话，就是躺在这里真是太美好了，不是指睡觉，而是感受阳光灌注在他体内的酥融温热，看着太阳照在他身上的灿烂光芒，看着这一切——蔚蓝的天空、灰白的岩石、绿色的灌木和苔藓、还有身着绿色裙装的女子和她披散而下的乌发——听着黄色蜜蜂发出的嘤嘤不断的低柔哼鸣。

他在那里昏昏欲睡地躺了好几个小时，妈妈就一直这么看着他。等这迷糊的状态过去，他站起身来，他的脾气好像有所改变了。他对妈妈更加地温柔和深情，依从她的每个期许。后来每当他在山间漫游之际，发现太阳地里躺着一条蛇，他就会悄悄走近它，定定地看上很长时间，他希望能够再次尝到那种奇怪的紫蜜，那样他也许就能躺下来沐浴阳光，感受蛇的感觉了。然而山间还有更多不可思议的事物等着他去见识和了解，所以只过了一小会儿，马丁就不再有这种愿望了。

第十五章
马丁的视野开阔了

一天早晨，他们爬到了山侧一处非常高的荒凉岩地上，这里经常可见很多向北迁徙的大鸟翱翔高天。它们是大得像鹰一样的隼，有着非常阔大的丰满羽翼，其他鸟是直线飞行，它们却爱一圈圈地盘旋，所以它们前进得十分缓慢。

马丁和妈妈在一块岩石上坐下看着它们，每当有只鸟儿飞得比其他鸟低些，掠过离他们相当近的地方，马丁便欣喜地盯着它。这时，山陵夫人伫立在岩石之上，向天凝望，伸出双手，发出一声长啸。鸟儿们开始越飞越低，越飞越低，但依然绕着巨大的圈子盘旋。最后有一只鸟落在了离他们几码外的岩石上，然后又一只鸟飞了下来，落在另一块岩石上，接着又是一只，其他鸟也相继跟随，直到有大群的鸟落在岩石上，将马丁团团包围。它们是翅膀、尾羽上都有黑带的棕色大鸟，浅黄的胸口点缀着锈红色的斑点条纹。这真是奇妙的场景，这些形似老鹰的隼有着弯弯的蓝嘴和深陷的犀利黑眼，大群地栖息在岩石上，与此同时，仍有许多隼不断地从天而降，加入栖息的隼群中。

夫人在马丁身边坐下。过了一会儿，一只隼张开翅膀，冲上了天空，继续它的飞行。大约过了一分钟，又有一只隼飞了起来，然后又是一只，但是足足花了一个钟头，它们才全部离去。

"噢，这些可爱的鸟儿——它们都走了！"马丁叫道，"妈妈，它们要去哪里呀？"

她告诉他，南方有块遥远的土地，当秋天来临，那里的鸟儿们就会向北迁徙，来到几百里开外一个更温暖的国家，现在各种鸟儿正在北迁，它们要在天上飞很多日子才能抵达那里。

马丁仰望天空，说，现在他看不到鸟了，隼都已经飞走了。

"我能看到它们。"她抬起头来，目光在天空中逡巡。

"噢，妈妈，我希望我也能看到！"他叫道，"为什么你能看到，我却不能？"

"因为你的眼睛和我的不一样。看，你能看到这个吗？"她拿起胸前的小石瓶。

他握住小石瓶，拔掉塞子，闻着里面的味道。"这是蜂蜜？我能尝尝吗？"他问。

她大笑起来。"这是比蜂蜜更好的东西，但你可不能把它吃了！"她说，"你还记得蜂蜜让你像蛇一样感受阳光吗？如果我把这个滴几滴在你眼里，它就能让你看到我能看到的东西。"

马丁恳求夫人这么做，她同意了，往手掌里倒了一丁点儿，它像牛奶一样又稠又白。然后她用指尖蘸了点儿，让他自己撑开眼皮，她把液体涂抹在他的眼珠上。这让他的眼睛变得更清澈，起初，他努力看到的一切都像是一片蓝色雾霭，渐渐的雾霭散去，空气呈现出一种新鲜的、不可思议的清爽。他向下方的平原望去，欢喜得大叫出声来——他竟能看得这么远，把远处的物体看得这么清晰。他看清了原先遮蔽他视线的东西，他一度以为那是一片灰霭，原来竟是一群野牛。它们四散在原野上，有的吃草，有的躺下反刍。牛群中央站着一头看上去非常高贵的茶色公牛。

"噢，妈妈，你看到那头公牛了吗？"马丁快乐地叫道。

"是的，我看到它了。"她答道，"有时候它会把牛群带到山坡上吃草。下次我在这儿遇到它，就带你过来，让你骑在它背上。但现在快看天上，马丁。"

他抬起头来，震惊地发现有许多大鸟正飞向北方，而这之前天上还一只鸟都没有呢。它们飞在他头上几英里高的地方，普通人根本看不到它们，可他却能清清楚楚地看见它们的身形和颜色，能轻松地辨认出所有他认识的鸟类。天空中，雪白耀眼、头颈乌黑的天鹅排成了几个人字形，还有玫瑰色的琵鹭，翅膀猩红、翅尖黑色的火烈鸟，以及朱鹮、五颜六色的野鸭和其他许多鸟类，一群紧跟着一群，展翅翱翔，向北迁徙。

马丁就一直那么望着它们，直到中午过去。他能看到的鸟儿越来越少，只有一些个头特大的鸟仍在出现，后来大鸟也越来越少了，最后他的视野中空无片羽。他转向平原，想找到那群野牛的所在，却没法再看到它们了，他早上看到过的淡蓝烟霭又笼罩了那片遥远的土地。妈妈告诉他，这种让他拥有等同于妈妈的视力洞彻远方一切的力量已经消耗殆尽。他为此伤心起来，妈妈便安慰马丁，答应下次再给他用上。

一日他们一同外出时，山陵妈妈竟变了个人，马丁感到非常的震惊和烦恼。他对她说话，她却沉默不语。不久，他就把自己拉开了一点距离，用一种升级为恐惧的害怕望着她。她看上去变得如此怪异，一动不动地站着，睁得大大的眼睛死死地盯着他们下方的平原，整张脸都白了，愤怒的神情牵扯着她的脸庞。马丁有一种冲动，想从她身边飞走，藏到某个岩洞去，不要再看见这张愤怒苍白的脸。可当他往四周一看，又害怕离开她身畔。群山都似乎变了模样，就像她现在这般阴沉和愤怒。就在他站着的这片土地上，古老的灰色岩石上覆了一层银白色、黄色的地衣，还有漂亮的花朵和匍匐植物，几分钟前这里在明亮的阳光下看上去是那般美丽，现在这里却被阴暗的薄雾笼罩了。这灰雾似乎是从植物丛中升起来的，让他们周遭的空气变得幽暗古怪。空气也变得潮热窒闷，头顶的天空暗了下来。马丁突然忆起了她所有的温柔和爱意，飞奔向她，抓紧她的裙子啜泣起来："噢，妈妈，妈妈，这是怎么了？"

　　山陵夫人把手放在他身上，将他拉到身边，让他站到她身侧的岩石上。"你想看到我看到的景象吗，马丁？"她问道。她从胸前掏出了小石瓶，将浓稠的白液抹在了他的眼珠上。不一会儿，他眼前的迷雾便消散殆尽。她伸出手来，指点他看向远方。

　　他抬眼望向远方，万物皆历历可见。尽管山中释放的薄雾和黑暗还笼罩着他们，此刻就像站在一团黑云之中，但远方阳光下的平原光耀明亮，他能看到那里的一切。在他上回看见一群野牛的地方，出现了一群登山客，人数大约有一打，正骑马慢慢向山中逼近。他们尚在几英里外，他却能非常清楚地看到他们。他们是一些面色黧黑的乌须男子，衣着古怪，有的穿着有宽阔条纹的淡黄褐色斗篷，有的穿着猩红色制服，他们全都戴着猩红色的锥形帽子。有的拿着矛，有的拿着卡宾枪，所有的人都佩了剑，金属剑鞘在太阳下闪闪发亮。马丁看到他们勒住了缰绳，有几人下马站了片刻，似乎在兴奋地谈论着什么，他们伸手指向大山，还打着有力的手势。

　　他们这么兴奋在说什么？马丁想道。他本想问问妈妈，一抬头，却见她还是定定地看着他们，面色仍旧煞白，表情冷峻可怕。在这团飘近并笼罩了他们的黑云里，马丁只能模模糊糊地看到她的脸。他恐惧得发抖，只能喃喃叫道："妈妈！妈妈！"她伸手揽住了他，让他紧贴到身侧，就在这一刻，噢，是多么可怕呀！黑色云团和整个宇宙都被一道突如其来的霹雳电光骤然点亮，亮得似乎能照瞎他、烤焦他，山岳和世界都轰然颤抖，似乎要被可怕的雷霆摇碎。这超出了马丁能承受的：他停止了感官和知觉，就像一个死人一样。当他终于苏醒睁开双眼时，他正躺在妈妈的腿上。她俯首看他，微微含笑，非常温柔。

"噢，可怜的小马丁，"她说道，"你竟在雷鸣电闪中失去了知觉，真是个柔弱可怜的小家伙！我看到他们走向山中时很愤怒，因为他们是邪恶冷酷、满手血污的人，所以我制造了风暴，驱逐他们离开。他们已经走了，风暴也过去了，天已经晚了，来吧，我们回洞里去。"她将他抱在怀里，走向归途。

第十六章
雾之人

马丁初次来到山下，正是那片遥远土地上长夏将尽之时。现在已是秋季，而秋天就像第二个夏天，只不过不像第一个那样炎热干旱。在这个季节，有时夜间会从海那边飘来潮湿的雾霭，弥漫开来，像一片云覆盖着大地。对一只从高空俯瞰的飞鸟而言，这看上去肯定就像是另一个苍茫的海洋，起伏的山岳恰似海中的岛屿。当早晨太阳升起，空气足够清新时，海雾就会漂流、破碎、消溶，或化为薄薄白云飘然升起。现在，当这种海雾弥漫了山陵夫人的领地时，不出石室便已知晓此事的山陵夫人就不再想让马丁下床出去。马丁却喜欢走出洞到山坡上去看日出，她就告诉他："你看不到太阳的，因为外面起雾了，山上又湿又冷。等到雾散了，你才能出去。"

但此刻有个新点子跳进了她的脑海。最近这几日，她都能成功地让马丁保持开心快乐，但她还希望做得更多——她希望使他对海洋感到恐惧和憎恶，那样他就永远都不会厌倦山里的生活，永远都不会离开她了。于是，一天早晨，当雾霭再次弥漫大地的时候，马丁一醒来，山陵夫人就对他说："起床到山上去看雾吧，等你感受到它的寒冷，唇上尝到它的盐分，看到它如何让大地变得灰暗模糊，你就会对它的故乡有更好的了解，不再想着那片大海了。"

马丁便起身来到了山上，外面正如夫人所说的那样：既看不到蔚蓝青天，也看不到宽广绿地，雾霭遮盖了一切；他很难看清十几码外的岩石和灌木；花叶上都挂着重重的灰白的露珠；他的脸上又潮湿又寒冷，他在唇上尝到了雾中的盐味。当他往下看时，雾气显得厚重灰暗；当他往上看时，雾霭显得轻薄多了。于是他往雾霭轻薄的方向走去，在湿淋淋、滑溜溜的岩石间向上攀爬，越往上走，光线越亮。到最后，他高兴地发现自己已经爬到了雾霭之上。那里有块巨大的峭壁突兀地挺立在山坡之上，而他成功地爬了上来。站在上面，马丁俯

　　瞰着这笼罩大地缓缓飘移的灰茫茫的雾海，望着太阳——一个巨大的深红色圆盘——正从雾海中腾起。

　　这情景壮观之极，马丁欣喜得大叫出声。当太阳升入这清澈蓝

天，灰色雾霭变成了银白色，有些地方的白色又变成了闪耀的金色。这雾海离开太阳越飘越远，开始破碎成块。一朵雾云掠过他站着的那块岩石，就像一阵细雨打在他脸上，给他的闪亮衣裳蒙上了一层灰暗露珠。

现在，马丁望着这广阔的大地，这成千上万以兆亿计的雾霭碎片都像有了人的身形，就像无量无边不可胜数的巨人，都有着闪亮的苍白脸庞和金光闪闪的头发，穿着云朵一般的灰色长袍。他们就像一支覆盖整个大地的庞大军队，所有的人都面朝西方，快速平稳地向西滑行。马丁看到每个人的左手都将衣袍按在胸口，右手里攥着个奇怪的东西举在耳边。那是一只螺———一只金黄色的巨大海螺，有着弯曲的粉色唇边[62]。很快其中一个雾人就来到了他近旁，他将海螺凑到了马丁耳边，那里传来了一阵低沉的絮语，就像浪花打在一道长长的粗砾海滩上。马丁知道，尽管没有一个字，但那就是大海的声音。喜悦的泪水涌入他的双眼，他的心霎时充满了对海洋的向往和渴望的哀伤。

一再地，在所有不可数的雾人经过离开之前，总有一只海螺凑到他的耳旁。当他们全部离去，马丁望着他们像平原上一朵白云渐淡渐无，在蓝天上飘散、消失后，他在岩石上坐了下来，为心中的渴望而恸哭失声。

回来之后，妈妈发现他面带泪痕。她对他说话，他都沉默以对，眼里有种奇怪的神情，好像凝视着什么远方的东西，这使得她比从前更加恼恨海洋了。因为她知道海洋之思又回到了马丁身上，要留住他比之前更加困难了。

一天早晨他醒来时，发现妈妈还在梦乡，尽管脸上的泪痕说明她一直醒着，都已经哭了一夜了。

"啊，现在我知道她为什么每天早上都会哭了，"马丁心想，

"因为我非走不可，会把她一个人留在山上。"

　　他钻出了她的怀抱，几下就穿好了衣服，动作十分轻柔，以免将她吵醒。但是，尽管他知道妈妈若醒来就不会放他走，他还是不能连再见都没说就离她而去。于是，马丁走近了她，俯下身来，极其轻悄地吻了吻她柔软的面颊和甜蜜的嘴唇，喃喃道："再见了，亲爱的妈妈。"然后，他就像一只害羞的小兽，小心翼翼地溜出了岩洞。一出洞口，来到清早的晨光中，他就有多快跑多快地拔腿飞奔，在崎岖之处从一块岩石跳到另一块岩石，跌跌绊绊地穿过满是露水的灌木和爬藤，直到浑身发热、气喘吁吁地抵达山脚。

　　接着路要好走些了，他又往前走了一点儿，忽然听见一个声音叫道："马丁！马丁！"回头望去，他看到山陵夫人就站在离山脚不远的一块巨石上，在他身后悲伤地凝望。"马丁，噢，我的孩子，回到我身边吧。"她呼喊着，向他伸出了双手。"噢，马丁，我无法离开山岳跟着你，保护你免受伤害，拯救你脱离死神之手。你要到哪去呀？噢，天哪，没有你我该怎么办哪？"

　　有那么一小会儿，马丁伫立不动，眼含泪水听着她的话，有些动摇。但很快他又想起了广阔的海洋，他无法往回走，只能再次开始奔跑，跑了一段长路又一段长路，他才终于停下来休息。这时他再回头看去，却再也看不到山陵夫人伫立在岩石上的身影了。

　　那一整天马丁都在大平原上向海的方向奔去。那里没有树木，没有岩石，没有山岳，平地上只有草。有些地方的草长得如此之高，草茎看上去就像一根根巨大的白鸵鸟毛，在他头顶之上高高摇摆。但这种路很好走，因为草都是一簇簇、一丛丛的，地面光光的又平坦，所以他能轻易在一簇簇长草间穿行。

　　马丁想自己很快就能到达海边了，但大海却离这儿依然遥远，夏日的长昼也耗到了尽头。他筋疲力尽，几乎抬不动腿继续走路了，在渐褪的暮光中慢慢前行，月见草⁶³纷纷开放，让荒野的空气满溢甜香。突然，他看到了一个灰色的小老头，还没六英寸高，正站在他前面的地上，用巨大的圆溜溜的黄眼睛牢牢地盯住他。

月见草

　　"你这坏孩子！"古怪的

小老头叫道。马丁停下了脚步，站住不动，惊讶至极地注视着他。

"你这坏孩子！"奇怪的小老头又重复了一遍。

马丁越是盯着他，他就越狠地瞪着马丁，小小的灰色圆脸上带着一种始终不变的坚韧不屈的神情。马丁开始有点害怕了，几乎想要逃走。可他又想到从这么个小人儿身边逃走也太滑稽了，于是他再次勇敢地瞪着他，大声叫道："走开！"

"你这坏孩子！"灰色的小老头一动不动地回答。

"也许他聋了，就像那个老头儿一样。"马丁想着，挥舞双臂，用他最高的嗓门大叫一声，"走开！"

叫声一出口，小人儿竟变成了一只正在挖洞的灰色小猫头鹰！马丁笑了几声，嘲笑自己的愚蠢，他竟然把每日见到的普通鸟儿看成了一个小老头。

没过多久，他觉得疲倦得很了，便坐下来休息。就在那里，有一株植物开着长长的白花，形状就像透明的高脚杯[64]。坐在草地上，他能直直地看到一根花管里有个小小的枯瘪的灰色老妇人，她非常非常的小，还没他小手指的指甲盖大。她身穿一条拖曳在身后的灰色披巾，这披巾一直溜到她脚下，频频将她绊着。她活跃至极，在花里到处掸拂灰尘。有时她转头瞪着马丁——他一直看着她，脸越凑越近，都快碰到花上了。在马丁看来，她好像因为某种原因对他十分恼怒。她转过身去不看他，跌跌撞撞地走进了花管，将披巾下端收起揽在臂上，开始精神百倍地掸灰。然后她又急匆匆地从里面出来，将她滑稽大披巾上的灰尘抖进马丁的眼睛里。最后，他小心地伸出一只手，正想用食指和拇指抓住这个古怪的小老夫人，她突然飞了起来。原来它只是一只小小的灰色的暮光蛾！

遭遇了一连串古怪的欺骗，马丁觉得非常迷惑和茫然，也许还有点儿惊吓。他在草地上躺下，闭上眼睛想要睡去。但他一闭眼就听到了一个非常非常柔软的小声音叫着："马丁！马丁！"

他坐起倾听，可那只不过是一只田野蟋蟀在草间歌唱。当他几次躺下闭上眼睛，那个小小的声音又再度响起，也许调子平平不变，但却如此的悲伤："马丁！马丁！"

这让他想起了美丽的妈妈，现在她也许正在大山中的岩洞里独自哭泣，没有小马丁依偎在她胸前，他想到这个不禁哭了起来。而那个小小的声音还在继续，叫着："马丁！马丁！"这让马丁更悲伤了。终于，他再也忍受不了，跳起来跑出了很长一段路，最后累得再也跑不动了，这才爬进一簇高大草丛里，在里面睡着了。

第十七章
海老头

第二天，马丁又朝着原来的方向前行，跳跳蹦蹦，跑了很长一段路。不知不觉快跑变成了小跑，小跑又变成了走路，最后，他坐了下来，休息了一会儿。然后他又站了起来，继续奔跑，如此反复。虽然觉得又饿又渴，但他满脑袋都是将要见到的蓝色大海。在思念了它那么久之后，马丁太渴盼最终见到大海了，几乎都没给自己时间用来觅食。此时他已经不再想着山陵妈妈——她如今孤独一人，为失去他而悲伤不已——想到即将出现在眼前的大海，他太激动了。

稍过中午，他听到了一种低沉的潺潺声，似乎就在他脚下的土层，却又四面包围着他，在他头顶的空气中喧响。他还不知道这就是海洋的声音。终于，马丁来到了一个地方，在那里，一道道黄色沙脊渐次上升，上面除了散布着几丛干硬黄草之外，什么都不长。他艰难地迈过松软的沙地，沙子不时埋到他的膝盖，这种古怪、低沉的潺潺声越变越响，最后它就像是强风刮过树林，但还要更加的低沉和嘶哑，此起彼伏，不时被恍似远山滚滚雷音的强烈震颤所打断。最后，他终于迈过最后一道沙脊，突然间世界——整个黄沙世界——陡然消失，眼前再无一寸可踏足的陆面，只有汪洋大海，他曾经那么渴望的海洋，他爱它远胜于平原、山陵和其他一切能取悦他的事物！它是多么宽广，多么浩瀚，延伸到天际，溶入远方低垂的天空，巨大的蓝色海面破碎成千千万万的波浪，倏来的阳光将白色的浪冠点亮，又倏然消失宛如电光！它翻搅震动之时是多么汹涌，多么可怕——噢，这世上再无他物能与之媲美，在它之后再无他物能抓住马丁的心。

　　这里是世上最高的悬崖之一，马丁只有俯下身来平趴在地上，才能在这可怕的悬崖边缘朝下望去。海水打着旋，撞击在巨大的黑色绝壁之下，訇然激起大片水雾，让他瑟瑟发抖——这看上去太吓人了。但他却无法从此地挪开。他就这样脸朝下趴在那儿，一直望，一直望，不觉饥饿也不觉干渴，忘记了曾被他呼唤妈妈的那个美丽女人和其他的一切。在他的凝望之中，渐渐的，巨大的涛声变小了，海水不再高高掀起一个浪头接着一个浪头，击打在悬崖上让他颤抖，而是越降越低，最后滑下绝壁，在崖脚留下一道细长的沙迹，现出了裸露的鹅卵石。一种肃穆的平静降临到了这片茫茫海水上。只有在靠近海岸的地方，海面依然微微荡漾，起伏涨落，就像一个沉睡的巨人的胸膛。与此同时，海水不断在岸边形成细小波浪，在卵石上破碎成白色泡沫，发出永不停歇的低沉悲咽。远处的水面则相当平静，处处涂抹着变幻不休的蔚蓝色、绿色和玫瑰色。不一会儿，这些来自落霞的可爱色彩就消失了，全然变成了一片深邃的墨蓝。太阳已经落下，夜色四垂，笼罩了大地和海洋。马丁小小的心灵里满溢着极大的敬畏和极大的欢喜。他从悬崖边往回爬了几码，蜷起身来，在一个温暖松软的沙窝里进入了梦乡。

次日清晨，他没有走得太远，就找到一些甜根填饱了肚子。之后他又折了回来，一直看着大海，双眼没有一瞬从这壮美景象之上移开，直到日头直直地照在了他的头顶。当海洋再次归于沉寂，他站起身来，沿着悬崖走去。

马丁走得离悬崖边缘很近，并时常停下来，趴在崖边向下凝望。他几个小时几个小时地看着大海，直到午后的海浪再度淹没了这片粗砾海滩，汹涌的波涛拍打着巨大的峭壁，发出雷鸣般的声响，让他身下的大地都在摇晃。最后，他来到了悬崖上一道大裂口边缘。过去这里的一部分崖体破碎剥离，大量岩石远远地滚进了大海，如今已经形成一些犬牙交错的黑色岩岛，高高地矗立在海面之上。大海在岩石间沸腾吼叫，发出最高亢的吼声，把海水搅成亿万白色乳沫。这里，一个新鲜景观跃入了他的眼帘：在波浪恰好打不到的地方，一群他从没见过的大型动物正趴在岩石上。起初它们看上去就像是牛，但接着他就看到它们没有牛角和腿，脑袋长得像狗却没有耳朵，胸前有两只鸭掌似的大脚，它们就是用这双脚在岩石上行走或蠕动。每次一个浪头打来，就会让它们爬得更高一点儿。

那是海狮，一种个头特大的海陆生动物，但马丁从没听说过这样的生物。他急着想靠近看看它们，便走进峡谷，小心翼翼地爬下满是石块粘土的破碎地表，来到了离海非常近的地方。趴在一块平坦的岩石上，他看着这些长着"狗头"、没有腿的海中怪牛，渐渐入了迷。现在他就在它们附近，它们也能够看见他，不时还会有一只海狮抬起头来，用它那双硕大漆黑的眼睛热切地凝视着他，那双眼睛温柔而美丽，就像山中那只来到他身边的母鹿。噢，他是多么高兴地发现——大海也有可供他喜欢的大野兽，一如山岳和平原有它们的牛、鹿和马！

　　但潮水仍在上涨，很快最大的浪涛就冲过了岩石，摇晃着这些大海兽，甚至把它们从岩石上冲了下去。奔袭的波浪也激怒了它们，它们高声吼叫，很快就游走了。有的消失在水下，有的在海面上露出脑袋，游向开阔的海洋，最后所有海狮都走了。马丁遗憾看不到它们了，但海浪在岩石上翻滚破碎成乳沫之壮景仍将他拘牢在此。最后，所有的岩石都被海水吞没了，只剩下一块露出水面。这是靠近海岸的一块嶙峋不平的黑色巨岩，距他二十到三十码。浪涛持续不断地冲撞在这块岩石上，发出震耳欲聋的响声，喷出一片白色水沫，每撞击一下便浪花四溅。这情景、这声响都迷住了他。大海似乎在倾诉，在悄言，在低语，在用这样一种方式朝他大声呼喊，他终于听懂了它在说什么。海中骤然涌起碧色巨浪，一路呼啸疾冲而来，恰好在他面前裂成碎片。每次它冲撞岩石，都会高高升起，形成一个奇异的形状，越来越像一个人。是的，它明明就像一个庞大怪异的灰色老头，长着一大把雪白的胡须，凌乱的白发漂在海上，围绕着他的头颈。它总是一刹那现出白色，然后又会变成绿色——老头用双手捋起了一大把绿色胡须，像洗衣女绞拧毯子或床罩一样绞着它，好把海水从中拧掉。

　　马丁盯着这位古怪粗野的海中来客。反过来，它也倚在岩石上，用一双黯淡无光的巨眼回盯着马丁的脸。每次一个新生的海浪向它扑来，都掀起了它的头发和衣服——那是褐藻和种种碎布夹杂在一起组成的——这浪花似乎有几分惹恼了它，但它一直没动。当浪头退去，它就会再次甩掉海水，从须下喷出一朵水雾之云。最后，它向马丁伸出了强壮的双臂，张开巨大的鳕鱼般的嘴，发出嘶哑的大笑，听起来就像大黑背鸥低沉的鸣叫。尽管如此，马丁一点儿都不害怕，因为它看上去和善友好。

"你是谁？"马丁终于叫了出来。

"我是谁？"这人形怪兽用海浪般的嘶哑声音答道，"嚯，嚯，嚯，这真是个好问题！嘿，小马丁，我可知道你很久了，我是比尔。至少，他们以前是那么叫的。可我现在已经脱胎换骨了，我叫'海老头'。"

"你怎么知道我是马丁？"

"我怎么知道你是马丁？噢，祝福你纯洁的心灵，我当然一直都知道。你怎会以为我不知道？哈，我一看到你在那些岩石间，就对自个儿说，'哈罗'，如果那不是马丁在看我的牛，我是管它们叫牛的，就保佑我的眼睛别出岔子吧。我当然知道你是马丁了。"

"是什么让你来到海里生活呢，老——比尔？"马丁问，"为什么你会变得这么大？"

　　"嚯，嚯，嚯！"巨人大笑，唇间喷出一大片水雾之云，"我不介意跟你讲。你瞧，马丁，我不受时间压迫。那些受到祝福的钟声对我来说毫无意义了，我跟在水手舱里想着偷空打个小盹的时候不一样了。从头说起吧，很久以前我出生在海边一个老镇上——久得我都记不清了。我父亲是个水手，在我还很小的时候就淹死了。然后我母亲也死了，就因为每一个属于她的男人都淹死了。因为，马丁，生活在海边的人大多数都是要死在海里的。我成了孤儿，被奶奶抚养长大。那时我还很小，常常会去沼泽地里玩上一整天，我爱奶牛、水鼠和所有的小动物。马丁，就和你一样。等我长大一点儿，一天，奶奶对我说'比尔，下海当个小水手吧'。她说'因为我做了一个梦，你命中注定永不溺水'。你知道的，马丁，我奶奶是个睿智的女人。于是我就下了海，从小到大，我去了土耳其、意大利、好望角、西海岸和美国太多次，环绕世界四十圈还多。很多很多回我都遇上了船难，或是从船上掉了下来，但我从不溺水。到后来，我变成了一个老头，风湿痛、关节硬，没什么用处了。我们离开好望角时，发生了水手叛乱，船长和大副都被杀了。轮到我了，因为我反对这些人，你知道吗，他们是不会宽宥我的。于是他们就把我赶到了甲板上，讨论要怎么杀我——用绳索、刀子还是子弹。'伙计们，'我说，'愿意的话就一枪崩了我吧，那样我会死得很舒服的。要不就拿刀捅我，那样更好。或是把我吊死在船帆横杆上，那是我所知晓的最舒服的死法了。

但别把我扔进海里，因为我命中注定不会溺亡，你们那么做完全是白费力气啊。'这话让他们爆笑起来。'老比尔，'他们说，'就受用他自个儿的小玩笑好了。'他们就拿出了装在船舱的一些铁块，用绳子和铁链捆在我腿上、手上，在我身上几乎绑了半吨重，然后把我从船的一边推下了海。当然，我沉了下去，这让他们笑得更响了。我几英寻几英寻[65]地不断下沉，再也听不见他们的笑声。最后我沉到了海底，真高兴我到了那儿，那样我就不会继续下沉了。我折起身子，像条老海蛇那样趴在岩石之间，但却温暖而舒适。最后，他们绑在我身上的绳索铁链都爆裂开了，因为我在海底变得那么高大强壮，我浮到了海面上，像逆戟鲸[66]那样喷水——因为海水渗进了我的身体，我全身都灌满了水。这就是我变成海老头的经过，那是好几百年前的事了。"

"你喜欢一直在海里吗，老比尔？"马丁问。

"嚯，嚯，嚯！"怪物大笑，"真是个好问题，小马丁！我喜欢吗？好吧，我可以告诉你，这比在船上当水手要好。那可真是苦日子，许是除了烟草就没好事儿了。在大海打熄我的烟斗之前，我非常喜欢烟草，也喜欢朗姆酒。好多回我都醉在海岸上被人捡回来。马丁，你不会相信的，我是那么喜欢朗姆酒嘞。有时，我在海底想起它的味儿来，就张大嘴吸一大口海水，足够灌满一只大木桶[67]。然后我来到海上，把它一口喷出来，就像头老逆戟鲸。"

　　说着，它就张开了洞穴般的大嘴，发出了比之前更响的嘶哑吼声。"嚯，嚯，嚯！"与此同时，它也站了起来，高出海面，高出它原来倚靠着的黑色岩石，高得像一座庞大的高塔俯瞰着马丁——那是一座海水和浪花的人形高塔，组成它的还有白色海沫和褐色海藻。然后它慢慢地向后倒去，仰面倒在了波涛上，砸出了巨大的浪头，高高荡过黑岩，洗过山崖的脸，将马丁扫回岩石之间。

　　当大潮退去，马丁半是呛咳半是头晕，挣扎着站了起来，才发现已是夜晚，头上是一片多云的黑色天空，脚下是一片漆黑的海洋。他没有见到光线逐渐褪去，也许刚才是睡了过去，梦里见了那个老海怪，还和它说了话。但现在他没法从岩缝底下的这个位置逃脱，他就在咆哮的波涛之上。于是他只能留下，藏身在岩石的缝隙里，躺在那儿，半梦半醒，耳中灌满了大海的磅礴喧响。

第十八章
与海浪玩耍

　　这一夜马丁都在大海的吼声中度过。对一个困在岩石间的、湿淋淋的、浑身青紫的囚徒来说，能再次见到日出真是太好了。天刚一亮，马丁就试着逃出去。他被一个大浪扫到了一道岩石和坚硬黏土间的深缝里，困在那儿，除了头顶上的一道天空，看不到海水和其他任何东西。现在他开始攀爬岩石，蠕动身体，硬生生通过岩缝和一些小缺口，但只前进了一点点。他饿了太久，身体非常虚弱，身上满是淤青。因为精疲力竭，他时不时会疼痛得悲惨地叫着跌落下去。但马丁是个生性坚韧的小男孩儿，休息两三分钟后，他就会收起眼泪，毅然决然地像之前一样努力地向上攀登。他就像某种小野兽，当发现自己被关在笼子、箱子或屋子里，就会不停不歇地寻找出路。那里有可能无路可走，但它不会放弃找出一条来。最终，在经历这般费力的尝试后，马丁的努力到底是得到了回馈：他成功地回到了昨天他下到海边的陡峭路径上，然后终于爬上了峭壁之巅。这真是巨大的安慰。休息片刻后，他就开始为眼前的景致感到兴奋欢喜。海不再是他之前见到的模样，它又一次展现出恢弘壮美，广阔的海面被风吹皱，点缀着泡沫。此时水面平静，却并非静止，海水变幻成一个个巨大漩涡或一条条山脊般的长形波浪，翻腾着起伏涨落，波连着波，浪逐着浪，场面宏伟壮观，整齐有序。天空中，云朵破碎飘拂，朗澈光明，突然，巨大的红日破水而出！

　　但在没有食物的情况下他无法在那儿呆得更久。极度饥饿迫使他起身离开，将峭壁和重重沙山抛在身后。他虚弱无力地走了一两个小时寻找甜根，却一个都没有找到。如果他没有看到远处干燥的黄色平原上有些黑黢黢的低矮灌木，并走了过去，那接下来的情形会变得相当艰难。灌木看上去像红豆杉，他走到跟前时，发现灌木上密密地覆盖着小小的浆果，有些灌丛上的浆果是紫黑色，有些灌丛上的是深红色，但这些果子全都熟了，许多小鸟儿也正在灌木丛间尽情享用。

这些浆果味道很好，马丁和小鸟儿一起大快朵颐，直到熄灭他腹中的饥火。到后来，他的嘴唇、手指都被果汁染成了紫色，他倒在一株灌丛的阴影里睡着了。他在那儿睡了一天一夜，听着海水的低吟渐渐醒来。当黎明来临时，他又变得强壮快乐了。在吃饱浆果后，他再度走向了大海。

马丁来到悬崖，沿着边缘行走，约莫一个小时就走到了尽头，前方有一道斜坡通向海水。在他面前，在他所能望见的地方，是一片宽阔的粗砾海滩，海滩后是一些低矮沙山。他欢叫一声冲向海滩，这一天剩下的时光，他都在涉水嬉耍，收集一堆堆漂亮贝壳、海藻和色彩奇异的卵石。他不停地拣不停地拣，从滩涂上收集更多漂亮的杂物，最后却把它们都抛在脑后。他从来没有过这么快乐的一天。当这天临近尾声时，他才在离海不远处找到一个能遮风挡雨的地方落脚，这样一来，他在午夜醒来时，仍然能听见海滩上那低沉连绵的浪涛声响。

马丁就这样度过了很多快乐的日子，没有其他更多的活物与之作伴，除了那些白、灰羽毛的小三趾鹬[68]。它们掠过他面前的海陆交接之处，发出尖厉清亮的鸣叫。还有大海鸥，当它们展翅翱翔，盘旋在他头顶时会发出宛如大笑的嘶哑叫声。"噢，快活的鸟儿们！"马丁叫道。他拍着双手，大喊着回应它们的鸣叫。

每一天，马丁都对大海愈加熟悉，愈加深爱。大海就是他的朋友，他的玩伴。那些小小的、静不下来的三趾鹬在奔涌而来的潮水中奔跑飞掠，却从不弄湿它们漂亮的白色、灰色翅羽，而马丁比它们还要大胆。他常常奔向那迎面而来的潮水，让它在四周溅开，冲过他的身畔。海水瞬间及膝，他会置身于一大片令人目眩的白色海沫之中，直到潮水发出长长的嘶嘶声逐渐退却，拖曳着岸上圆圆的卵石，消逝于海。马丁会哈哈大笑，快乐地叫出声来。大海是个多么恢弘强壮的老玩伴哪！而且大海也爱他，就像山中那只巨大的黄斑猫一样，想玩的时候就假装对他动怒，却不会真的伤害他。但他还不够满意，他的胆子变得越来越大，把自己放在它的掌中，并信任它的仁慈。他脱了衣服，以便玩得更带劲儿。有一天，他追逐一波退去的大潮直到它消逝于海，又勇敢地站直身体迎接下一波潮水。但它比刚才的大潮更加凶猛，它用庞大的绿色臂膀将他托离地面，高高地带上浪尖，直到发出磅礴的咆哮，破碎在海滩上。可它没有让马丁就此搁浅，而是抱着他匆匆退去，涌向深海。海浪带着他离岸越来越远，他终于害怕起来，向陆地伸出小小的双手，高声喊着："妈妈！妈妈！"

马丁并不是呼唤他远在大平原上的亲生妈妈。他已经把她给忘了。他此刻想的是山岳之上那个美丽的女人——她是那么的强大，又那么的爱他，一定让他叫她"妈妈"——他的呼喊正是为了向她求援。此刻，他想起了她那温暖而强大的胸膛，想起她是如何为害怕失去他而夜夜哭泣，想起他逃走时她怎样追赶着他，呼唤他回来。啊，海洋的怀抱是多么冰冷，它的嘴唇又是多么苦涩！

　　马丁在大浪里挣扎，却徒劳无功，咸水令他睁不开眼睛，他几乎喘不过气来。水流猛烈地将他推向在浪里翻腾的一个巨大的黑色物体，他拼尽全力抓住了它。海水翻滚着淹过他，拍打他，但他就是不肯松手。最后一个大浪袭来，将他举了起来，正正地抛在他刚才抓着的物体上，就像是某个巨大的海怪将他抓起放到了那里——山陵夫人也经常把他从危险的悬崖边缘抓起，放到一个安全的地方。

　　他筋疲力尽地躺在那里，四肢摊开，在巨浪上颠簸，有一种身在摇篮的感觉。但大海最终静了下来。他仰望天空时，天色已经黑了，星星在黯淡的蓝色穹顶上闪烁。平滑的黑色海水映满星光，将他四面包围。他看上去就像漂浮在两个繁星灿烂的浩瀚天空之间，一个在他上方无限遥远，一个就在他身下。一整晚都只有天上闪烁颤动的群星为伴，他孤身躺在那里，赤裸、潮湿、寒冷，干渴的嘴里弥漫着海盐的苦味。他始终未敢移动，倾听着海水持续不断的拍溅之声。

　　天边终于破晓，海水重返青绿，天空明净蔚蓝，透出清新柔弱的晨光，非常美丽。他正仰面躺在一只老木筏上，铁链和不断腐烂的绳索把被海水剥蚀的桅杆和厚木板捆扎在一起。啊！但是，那里看不到一点海岸的影子。他已经漂流了一整夜，离岸越来越远，越来越远了。

　　供平原之子马丁休憩的这个古怪住所，是一只老木筏子！它是
很久很久以前由船只失事的水手制作的，它在海面上漂荡，直到变
成了大海的一部分，就像一个一半淹没在水下的浮岛。褐藻和其他
种种色彩的海藻依附在上面，奇异的生物——半植物、半动物——
也在上面生长，小贝壳和无数黏滑蠕动的海中生物也把这里当成了
它们的寓所。它就像大房间的地板那么大，整个儿都是粗糙黝黑、
滑溜溜的。黏附在上面的海藻随波漂浮，就像好几码长参差不齐的

乱发。就在木筏中央，有一个巨大的洞，那里的木头已经烂掉。这非常的奇妙，当马丁坐在筏子上往海里看时，只能看到几英寻深的清澈碧水；可当他爬到大洞边缘往下看时，却能看到之前的十倍之远。他看向洞里，发现深水之下有条古怪的鱼状生物[69]，长着斑马似的条纹，背上有长长的棘刺，正在来回游动。它消失了，然后，在下方更深的地方，有什么东西动了起来，起初像个影子，继而像一个巨大的黑暗轮廓，它随着波浪浮升呈现出了一个男人的形态，但却模糊、巨大得像一片人形的云或是阴影，漂浮在青碧透明的海水之中。它的肩膀和头出现了。然后它改变了位置，脸正朝着马丁，一双巨大的眼睛里闪着暗淡浅灰的光亮，向上凝视着马丁的双眼。马丁也凝视着它，不禁颤抖起来——不完全是因为恐惧，还因为兴奋。因为他认出了下方的这个巨大海怪——马丁在岩石间睡去时，它曾在梦中出现并与之交谈——它正是海老头。莫非是这样的：尽管他那时已经睡着，可海老头真的在他面前出现了，而他眯着的眼睛，恰好够让自己看见了他？

不多久，那云块般的面容就消失了。马丁往洞里看了很久，但那张脸再也没有回来。他就坐在黢黑腐烂的木头和褐藻上凝望着海洋，这浩瀚无垠、日光照耀的绿色海面上没有海岸，也没有活着的生灵。但过了一会儿，他开始觉得海里是有一些活着的生灵的，尽管他看不到那是什么，但就在他的身边。海面时时破碎，仿佛有一些大鱼游上了海面，未曾现身便又沉了下去。从它在水中制造的骚动可以判断，它是个非常大个儿的家伙。最后他看到了它，或者说是它的一部分——那是一个庞大的褐色物体，看上去就像巨人的肩膀，但它很有可能是一条鲸鱼的背。马丁一看到它，它就消失了，但很快远方又传来了鸟鸣般的叫声。这些叫声从不同的方向传来，越来越响，不一会儿，马丁便看到有许多鸟儿正向他飞来。

　　到了他跟前，它们便向上飞去，在他头顶上盘旋绕圈，每一只都兴奋地尖声鸣啼。这些鸟儿是白色的，有着长长的翅膀和长长的尖嘴，样子极像海鸥，但它们的飞行姿态比海鸥更为轻盈敏捷。

　　马丁真高兴看到它们，因为他对海洋的陌生和漂泊的孤寂感带给他极大的恐惧，而且视野里又没有半点陆地的踪影。坐在黑色木筏上，他不断地回想着他的山陵妈妈说过的警告的话语——大海会用冰冷咸涩的嘴唇吻他，把他带到深海之下，在那里他将再也见不到光明。噢，现在大海对他来说是多么陌生，多么荒寂，多么可怕！鸟儿的翅羽能够周游世界，但它们是属于陆地的，现在它们似乎在用白色的身影和狂乱的鸣啼带来近处陆地的消息。它们要怎样帮助他呢？他不知道，也没有问，但他已不再孤独，因为它们都来到了他身边，他的恐惧也变少了。

还有更多的鸟儿不断飞来。随着早晨时光流逝，鸟群持续扩大，变成了几百只、几千只，持久地盘旋、下扑、飞起，悬停在他头顶，像一片巨大的白云。这片云是由许多种类的鸟儿组成的，其中绝大部分是白鸟，有些是灰鸟，其他则是乌棕色或斑驳杂色，还有些完全是黑的。就在鸟群中央，他看到了一只体型巨大的鸟，它在鸟群中盘旋往复，就像一个王者或是巨人。它的翼展长得惊人，野性的眼睛闪着黄光，黄色的鸟喙有马丁的手臂一半长，末端有个秃鹫般的大钩。当这只大鸟俯冲到他头顶上方，用巨大的翅膀给他扇风时，马丁又一次被它这令人敬畏的模样吓了一跳。聚集的鸟儿越来越多，这种大鸟也多了起来，它们发出的狂野鸣啼愈发嘹亮，他的恐惧和惊异也渐次滋生。突然，这种恐惧惊异之感在他看到一只新的鸟状生物时到达了峰巅，它比他头上盘旋的鸟群中最大的那只鸟还大一千倍，正迅疾地向他扑来。他看到它并不是在飞，而是在海面上游泳或滑翔。它的身体是黑色的，身体上面有许多形状各异的巨大白翼，这些白翼纷纷竖起形同一片白云。

　　马丁被恐惧击溃，趴倒在木筏上，把脸藏进褐藻里。几分钟后大海变得焦虑不安，摇晃着筏子上的他，一个大浪打来，几乎把他扫进海里。就在这时，鸟群的尖叫又响亮了一倍，响到几乎要将他吵聋，尖叫声似乎变成了话语。"马丁！马丁！"鸟儿们像是在叫，"抬头看，马丁，抬头看！抬头看！"头顶上方以及围绕着他的整片大气似乎都充溢着这样的叫喊，每一声叫喊都对他呼唤："马丁！马丁！抬头看！抬头看！"

　　尽管他在这可怕的喧嚣中头晕目眩，几乎因为恐惧和虚弱而昏倒，但他没有抗拒这个命令。他双手按在木筏上，终于挣扎着站了起来，发现那受惊的鸟状怪物已经从他身边掠过。他看到了，那是一艘船，船体黑色，白帆张开，它向筏子靠近之时，海水动摇，掀起的水波一次次横扫过他的身体。它正在从他身边飞快地滑走，但依然非常接近，他看到船上有一群样貌奇怪的粗野男人，有着被太阳晒黑的脸庞、长长的头发和蓬松杂乱的胡子，正靠在船舷上盯住他看。他们惊讶地望着这古老的黑木筏上躺着的"尸体"，还以为这个赤裸的白生生的小男孩已经死去，而大批的海鸟聚集于此要以他为食呢。现在看到他双膝着地直起身来看着他们，他们发出一片高声大叫，开始兴奋地四处奔跑，拉扯绳索，放下一艘小船来。马丁不明白他们在干什么，他只知道他们是船上的人。他现在太虚弱太疲惫了，无法同时去看或去想两件事情，此时他看着的是鸟儿。他刚一抬头看见海船，它们就停止了狂乱鸣啼，像一片白云那样越升越高，向四面八方飘零飞散，掠过天空和大海。有好一会儿，他都一直望着它们，聆听着它们的声音。刚才的放声喧嚷已经变成了一种非常轻柔愉悦的鸣啼，似乎它们正觉得快乐而满足。听着这歌声，他也觉得快乐，便微笑着举起了双手。恐惧消失了，疲惫感却随之而来，他闭上双眼倒了下去，又一次整个人趴在了那湿漉漉的海藻床上。眼见这一幕，海员们凝视着彼此的脸庞，一种非常古怪的震惊神情跃入他们眼中。这不可能！那么多个漫长的月份过去，都快要以年计时了，他们一直在这些寂寞荒凉的海域里巡航，离家几千英里，见不到土地和任何绿色植物，也见不到女人和孩子的可爱脸庞。如今一个孩子因为某种奇特机缘来到了他们身边，可就当他们十万火急去援助他，要伸出双手从海上救起他时，他的生命却似乎被突然夺走！

但马丁只不过是睡着了。

内文注释

1.阿尔弗雷德·亚伯拉罕·克诺弗（1892-1984），20世纪知名的美国出版商，阿尔弗雷德·A.克诺弗公司的创始人，非常注重书籍印刷、装订和设计的质量。他1912年毕业于哥伦比亚大学，1915年就成立了自己的出版社。

2.赫德逊写这封信时是1917年，1922年8月18日他就在伦敦寓所去世了，此处有些一语成谶的意味。

3.这套书是以多个小册子形式出版的书信集，收录了英国作家、艺术家、艺术评论家约翰·拉斯金（1819-1900）在17世纪70年代给英国劳工们写的信，书名英文是拉斯金起的*Fors Clavigera*。这个短语是影响人类命运三大要素的合体，它们是力量（Force），象征物是阿克琉斯的棍棒club (clava)；勇气（Fortitude），象征物是尤利西斯的钥匙key (clavis)；运气（Fortune），象征物是来克格斯的钉子nail (clavus)——这三大要素的单词都是For打头，三样象征物的单词都是clav打头。

4.出自威廉·布莱克的诗歌《一个迷失的小男孩》前两节。

5.《瑞士鲁滨逊漂流记》是瑞士牧师约翰·大卫·威斯（1743-1818）的小说，英译*The Swiss Family Rob inson*，

中译《新鲁滨逊漂流记》、《瑞士家庭漂流记》或《海角一乐园》。作者受笛福《鲁滨逊漂流记》启发，创作了一个能够教育他四个儿子的故事。此书于1812年出版，两年后译成英文，自此畅销不衰，还改编成了多部电影和动画片。故事讲的是一个瑞士家庭在去往澳洲的航行中遭遇风暴，漂流到一个无人岛，靠着意志和船上留下的物品，一家人携手共渡难关，过起了惊险又美好的荒岛生活，并最终乘船离开了那里。

6.作者威廉·亨利·赫德逊在童年自传《远方与往昔》中回忆，当时他家有个名叫"约翰"的木匠，是个英国人，年纪较大。一天，木匠约翰在桃花盛开的树下对小威廉·赫德逊说："听那些小鸟啊！我从没听过这么好听的声音！"

7.赫德逊父母的情况也和马丁父母的差不多，他们离开英国，来到南美洲的阿根廷定居。赫德逊在潘帕斯大草原上出生，5岁那年和父母、两个哥哥离开旧居，搬到新家，那时他弟弟还没有出生。新家那里有个大种植园，种植园带房子面积约有八九公顷，四周环绕着一道宽二三十英尺、深约12英尺的大壕沟。园中的有20棵榀棂树，400～500棵桃树。

8.野葵花（sunflower），菊科向日葵属，一年生草本植物，原产北美洲。株高1～3米。单叶互生，具长柄，叶状卵形或宽卵形，缘具锯齿。头状花序单生茎顶；舌状花一轮，筒状花多轮，黄色，花朵会朝着太阳的方向移动，故称"向日葵"。结瘦果，种子就是瓜子。花期7～9月，果期10月。

9.万寿菊（marigold），菊科万寿菊属，一年生草本科植物，别名"臭芙蓉"、"蜂窝菊"、"臭菊"、"千寿菊"，原产墨西哥。株高约40厘米，叶对生，羽状分裂，头状花序单生枝顶，开橙黄、金黄色花，花瓣似舌，结瘦果。花期6～11月，果期8～11月。万寿菊花朵含有丰富的叶黄素，它能够延缓老年人因黄斑退化而引起的视力退化和失明症。它在非洲名为"Khakibush"（卡基布许），常见垂吊于土著茅屋下，用来驱赶苍蝇，也被种在蔬菜瓜果间防小线虫。万寿菊油膏被用来杀死伤口中的蛆。它的根和种子都有催泻的作用。

10.赫德逊在童年回忆录《远方与往昔》中写道："蛇是我们身边常见的动物，有七八种，在青草中是绿色，在干燥荒芜的地方和枯萎的草地里是带土色斑点的黄色，很难被发现。"文中提到的可能是夏季栖林蛇，学名"philodryas aestivus"，游蛇科栖林蛇属，全身嫩绿，布满黑斑，无毒。赫德森八岁那年，一些客人来到他家果园，一条绿色大蛇横卧路上把大家吓了一跳。一位男客找来棍子要把它打死，一位女客阻止了他，双手把蛇抓起，放到稍远处的深草里。这件事在赫德逊幼小的心灵里埋下了保护生命胜于杀戮生命的种子。

11.圣马丁鸟（martin），泛指尾部近方形或略微分叉、两翅尖尖、在圣马丁节（11月11日）前后迁徙的燕子，尤指家燕（house martin）和灰沙燕（sand martin）。根据文中外貌描述，这只能是一只家燕。家燕的嘴巴下方一直到腹部都是纯白，背部是有光泽的深蓝，背上接近尾巴的位置也有一块白色，尾巴略微分叉。它是夏候鸟，每年四月飞回英格兰，一直呆到九月、十月，然后飞往非洲过冬。作者W.H.赫德逊是鸟类学家，著有《英国鸟类》，鸟儿们的身影也贯穿马丁故事的始终。

12.米迦勒节（Michaelmas），9月29日，纪念大天使长米迦勒与所有天使聚会的节日。这一天接近秋分（昼夜平分点），常与秋天的开始和白昼的缩短相关联。英国人在此日有吃鹅肉的习俗，企盼来年生活富足安康。英国某些大学的秋季学期也在此日前后开始，称为米迦勒节学期（Michaelmasterm）。

13.鸡冠花（cockscomb），原产非洲、美洲热带和印度，为苋科青葙属一年生草本植物，夏秋季开花，花期7~10月。花多为红色（也有紫色、黄色、橙色、白色等），呈鸡冠状。生长期喜高温、日照强且空气干燥的环境，较耐旱不耐寒，多用种子繁殖。花和种子可食用。

14.芥（gài）菜（mustard），学名"Brassica juncea"，十字花科芸薹属一年生或两年生草本植物，我国常见蔬菜，开鲜黄色四瓣花朵，成熟种子可磨粉制成辛辣的芥（jiè）末。黄芥末源于中国，从周朝就开始在宫廷食用，后传入日本。日本绿芥末由山葵或辣根研磨而成，气味比黄芥末辛辣，味道比西洋芥末清淡，有一种独特香气，日本人称其"本芥末"以区别于西洋芥末。西洋芥末的辛辣程度平均比日本芥末强1.5倍，也更常见。

15.蓟（thistle），学名"Cirsium japonicum"，带刺的菊科蓟属多年生草本植物，通常开小球状紫色花，生长于海拔400~2100米的地区，入药有凉血止血、散瘀消痈的作用。

16.毛地黄（foxglove），玄参科毛地黄属多年生草本植物，株高80~120厘米，茎杆高大笔直，总状花序顶生，开紫、白、粉等色的吊钟花，内侧有紫斑，花期6~8月，结蒴果。

17.茴香（fennel），伞形科茴香属草本植物，全株具特殊香辛味，表面有白粉。叶羽状分裂，裂片线形。夏季开黄色花，复伞形花序。果椭圆形，黄绿色。芳香的种子和细叶子常用做烹调香料。赫德逊很喜爱茴香绿色羽毛般的美丽叶子和它的气味和味道，他小时候来到种植园里玩耍，都要把它的叶子放在手中揉碎，并咀嚼小枝条，以品尝它的独特风味。

18.曼陀罗（thorn apple），茄属植物中的一种有毒植物。

19.赫德逊在《远方与往昔》中写道："我家房子就坐落在最高的坡地的顶峰上。房前是绿草如茵的大平原，平坦地延伸到天边，屋后地势骤然下降，直达一条又宽又深的溪流岸边……"环境与此十分相像。

20.灯心草（rush），湿地或水生植物，茎杆细长而有髓，可以用来铺地板、铺屋顶，现在仍可编织成椅垫、篮子等物。

21. 蓝星星（blue star），是水甘草的俗名。水甘草是夹竹桃科水甘草属一年生草本植物，喜潮湿，大多开淡蓝色星形小花，也有紫色、白色的品种，花期5~8月，全株可药用，味甘无毒。

22. 马鞭草（verbena），马鞭草属植物，结芳香的花团。

23. 香豌豆（sweet pea），山豌豆属植物，长有攀援茎，花朵芬芳且有各种颜色。

24.醋花（vinegar flower），指的是旱金莲（nasturtium），因为旱金莲花在南美常用于制醋——加辣椒、盐、蒜泡在白酒里。学名"Tropaeolum majus"，多年生草本植物，缠绕半蔓性宿根花卉，原产中、南美洲。花梗细长，叶似碗莲，花多为红、橙、黄色，也有紫红、白、复合色，单花顶生，花径约5厘米。花期3~6月，炎夏开花最盛。果期4~7月。喜温暖湿润、阳光充足的环境，不耐湿涝寒冷，生命力顽强，全株可以当菜吃。

25. 天使之发（angle's hair），指的是线叶艾。其学名是"Artemisia schmidtiana"，别名晨雾草，菊科艾蒿属多年生草本植物。叶互生，羽状细裂，叶面披银白色绢毛，确实像一缕缕银绿色的头发。秋季开花，头状花序呈穗状。

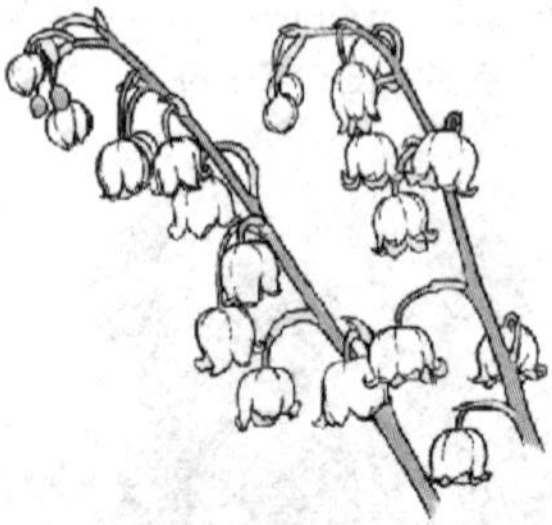

26. 玛利的眼泪（Mary's-tears），指铃兰（lily of the valley），据说是圣母玛利亚哀悼基督的眼泪变成的，亦称“Our Lady's Tears”。学名“Convallaria majalis”，别名“君影草”、“草王铃”、“风铃草”，铃兰属多年生草本植物，株高20~30厘米，夏季开垂钟状白色小花，浆果熟时红色。全草有毒，花、根毒性较强，入药可制成强心药等。有人认为一株刚好13朵小花的铃兰会带来好运。

27. 蓝草（meadow grass），尤指草地早熟禾，学名“Poapratensis”，亦称“肯塔基蓝草”、“六月禾”，禾本科早熟禾属多年生草本植物，原产于欧亚大陆、中亚细亚区，广泛分布于北温带凉冷湿润地区，是北温带利用广泛的优质冷季草坪草，草色青翠幽蓝，十分诱人。天安门广场、长安街的草坪几乎都是这种草的不同品种。

28. 天鹅（swan），天鹅属大型水鸟，脖颈细长柔软，蹼掌，多数品种羽毛洁白。

29.火烈鸟（flamingo），即红鹳，高大长颈的涉水禽，有个弯弯的长嘴，长着粉红、猩红、黑色的羽毛。赫德森6岁时和两个哥哥一起去一条大溪流探奇览胜，第一次看见了三只美丽的火烈鸟（据《远方与往昔》）。

30. 琵鹭（spoonbill），大型涉水鸟类，外形与朱鹮有些相似，羽毛浅玫瑰色，长着宽扁的绿色长喙。

31. 彩鹮（glossy ibis），朱鹮科（鹮科）彩鹮属涉禽，体型中等，栖息在温暖的河湖沼泽，有细细长长的喙，羽毛以栗紫色为主，略带绿色的金属闪光。美国作家、博物学家特丽·T.威廉斯在《心灵的慰藉》中提到她观察到的彩鹮眼睛是蓝宝石色的。译者查到的资料说彩鹮的虹膜是褐色。

32. 赫德逊童年时代生活的潘帕斯大草原上有许多长满灯心草的河流和湖泊，湖泊里常栖息着各种水鸟。

33. 朱鹮（ibis），学名“Nipponia nippon”，别名“朱鹭”，鹮科（朱鹭科）朱鹮属朱鹮种，百年前是中国的常见水鸟。凤冠赤颊，全身羽毛白里夹红，后枕部披有下垂的细长羽毛，虹膜为橙红色。额至面颊部皮肤裸露，呈鲜红色。嘴黑褐色，细长而末端下弯，尖端红色。平时栖息在高大乔木上，觅食时才飞往水泽溪流，以虫蛙鱼螺等物为食。每年3月到5月繁殖，雌雄结对在高大乔木上筑巢产卵。朱鹮的巢像一个平盘子，中间稍下凹。雌鸟一次一般产2~4枚淡绿色卵，孵化需30天左右。性情孤僻沉静，平时成对或小群活动。除起飞时偶尔鸣叫外，平时很少鸣叫，叫声像乌鸦。

34. 蜃景（mirage），即海市蜃楼，尤指在沙漠中或马路上由于光反射而出现一片水的现象。沙漠旅人有时会看到一片水光荡漾的绿洲，跑过去那里却一无所有。海边的人有时也会看到海上云雾中出现亭台楼阁。这都是光的幻术。赫德逊在《远方与往昔》中记叙过潘帕斯草原上春夏常常出现的海市蜃楼的幻影："夏季，从11月起，草原的面貌就开始发生改变……这时河道逐渐干涸，禽畜没水喝的日子日渐逼近，正是此时，蜃景时常出现在我们周围。在早春任何一个温暖无云的天气里，都有可能见到这流水般的幻景——这跟英国盛暑时的大气现象差不多，就是靠近地面的那层空气变得可见。你看见它在你的眼前翩翩起舞，宛如摇曳飘升的薄薄火舌——

水晶般透明的火焰与浅珍珠色或银灰色的火焰交织在一起。在更炎热的平坦草原上，这种现象会明显加剧，那些形状模糊的摇曳火焰会形成一汪汪小湖泊，或是被风吹皱、在阳光下如熔银般闪烁的水毯。在天边有树林和房屋的地方，蜃景出现得更为频繁，看上去就像远方深蓝色的岛屿或彼岸，在离观者不远处的牛羊好像在齐膝或齐肚深的明亮流水中蹚过。"

35.原文是里格（league），约为3英里或3海里。

36.出自英国童谣"Little Bo-Peep has lost her sheep"（小波比丢了她的小绵羊）。

37.方丹戈舞（fandango），一种刺激撩人的西班牙或拉丁美洲三步舞，舞曲节奏很强，男女舞者会在跳舞时演奏响板。"Fandango"也有愚蠢的举动、胡闹的意思。

38.据此描述，应该是黄花酢浆草（creeping oxalis），多年生草本植物，匍匐生长，有三片倒心形的叶子，花朵黄色，春夏开花，夏季有短期的休眠。原产南非，喜向阳、温暖、湿润的环境。它底下长得像块根的东西其实是地下块茎，里面含有大量淀粉和其他养分，可以食用。赫德逊在《远方与往昔》中也描写过卡纳达塞卡附近低地上的这种植物，当地人叫它"玛卡齐纳"，小孩子很喜欢这种花，就像英国小孩喜欢野草莓、欧亚活血丹和白屈菜一样。孩子们不但吃它酸酸的小黄花，还用小刀把它的"球根"挖出来当零食，这种"球根"跟榛子一样大，又小又圆，呈珍珠般的白色，味道像糖水。

39.鹬（Scolopacidae；snipe），中文读yù，鸻形目鹬科多种海鸟的统称（包括丘鹬和沙锥）。从地域分布来看，可能出现在南美洲的有孤鹬、姬滨鹬、白腰滨鹬、高原鹬等，嘴长直，尖端稍向下弯曲。

40.疑为蔓越橘。

41.出自英国童谣《嘿、嘀哆-嘀哆》（Hey Diddle Diddle）。

42.即"Fee-fi-fo-fum"，是英国经典童话《杰克和魔豆》中一首诗的首句，下句为：我闻到了英国佬的血味儿。

43.马丁故意口误，应是"Chum Humpty Dumpty"（朋友汉普蒂邓普蒂），童谣中从墙上跌下摔粉碎的蛋形矮胖子。

44.出自影射伊丽莎白一世的英国童谣《骑着一只大公鸡，去班伯里十字路》（Ride a Cock Horse to Banbury Cross）。此处马丁口误，原意为"她手指上有戒指，脚趾上有铃铛"。

45.出自著名绕口令《西奥菲勒斯·蓟》（Theophilus Thistle）。

46.这几句分别出自英国童谣《公鸡喔喔喔》（Cock-a-doodle-do）、《咩，咩，黑绵羊》（Baa, Baa, Black Sheep）、

《汪鸣汪，狗狗说》（Bow-wow, Says the Dog）和《咕喊，咕喊，呆头鹅》（Goosey Goosey Gander）。

47.原文是"see-saw, Mary Daw"，出自英国童谣《跷跷板，玛格丽·道》（See-Saw, Margery Daw）。

48.喊咳-呃-嘀-嘀（Chick-a-dee-dee）是黑帽山雀的经典叫声，听起来像"Chick-a-dee-dee, will you listen to me"。

49.英制长度单位，1码=3英尺或36英寸、1码=0.9144米。

50.根据外貌描述和地域限定，这应该是一只狐鼬。狐鼬主要生活在中美洲和南美洲的丛林里，分布范围从墨西

哥南部到玻利维亚和阿根廷北部，海岛特立尼达也有它的踪迹。成年狐鼬体重3~6千克，体长60~70厘米，尾长35~45厘米，体毛深褐或黑色，胸部有一浅色块，擅长打洞、爬树、奔跑、游泳。

51.西番莲，西番莲科常绿草质或木质藤本植物，罕有灌木或小乔木。本属约有400余种，90%以上产于美洲热带地区，其他种类多产于亚洲热带地区。花腋生，花冠圆形，萼片成花瓣状，花瓣、花蕊、花冠和副花冠叠合，直径6~10厘米，有红黄绿蓝紫白等颜色，花语是"憧憬"。主要有黄果种和紫果种，紫果种适宜在夏季凉爽的地方种植，黄果种适应性强、果实品质较好，但不耐寒。果实别称"鸡蛋果"、"巴西果"、"百香果"、"时计果"，硬壳多籽，果汁非常香甜。西番莲在欧洲是颇盛名的草药，用于治疗失眠和焦虑不安，印第安人认为它是最好的镇定剂。

52.美女樱，马鞭草科马鞭草属草本植物，原产巴西、秘鲁、乌拉圭等地，株丛矮密，花繁色艳，小花密集排列呈伞房状，花朵多为红色、紫色、蓝紫色等。全草可入药，具清热凉血功效。

53.金合欢属小乔木出现在中南美洲，最有可能是辣皮金合欢亚属。植物体无托叶刺，节间散生皮刺，叶为二回羽状复叶。

54.假叶树（butcher's broom），学名"Ruscus aculeatus"，天门冬科假叶树属植物，多年生常绿小灌木，又称"花竹柏"、"百劳金雀花"、"瓜子松"，不喜寒冷。为适应原产地地中海炎热干旱的生长环境，它的叶子退化为鳞片，分枝扁化变绿，代替叶子进行光合作用，称为"叶状枝"。冬春季开小白花，雌雄异株，花就长在假叶上。结亮红色剧毒浆果。

55.三叶草（clover），学名"Trifolium"，豆科三叶草属多年生草本植物。别称"车轴草"，主要分白花三叶草和红花三叶草两种，广泛分布于温带及亚热带高海拔地区。三小叶呈倒卵状或倒心形，叶面中心具"V形"白晕。夏秋开花，球状花序，边开花，边结籽。茎叶柔软，略带苦味，粗蛋白含量高，粗纤维含量低，可饲喂牲畜和草食性鱼类。外形与首蓿相似，但两者不同。首蓿是豆科车轴草族首蓿属植物，叶片较小，叶面无白晕，苜蓿菜就是上海人和江浙人所说的草头，是家常蔬菜。

56.白莓果，蔓虎刺自然变种的果实。蔓虎刺，茜草科蔓虎刺属植物，多年生常绿草本，株高约50厘米，茎匍匐生长，叶近圆形；开粉白色漏斗形香花，花对生，花期6~7月；每两朵对生花会结出一颗果实，一般结珊瑚珠般的红色小浆果（称为"partridge-berry"），秋生春熟，但变种蔓虎刺会结白色浆果。

57.桃金娘（myrtle），香桃木属植物，结紫黑色浆果。文中之所以说它是白色，是因为外面覆盖着白色果霜。桃金娘果实叫做"山捻"、"楠子"、"将离"，入口味似蓝莓，好果子黏稠甜蜜，不好的口感涩苦，估计马丁找到的这种并不好吃。我国广东等地多有分布，常与使君子相缠而生，故有情歌民谚："你有使君子，我有桃金娘。"

58.凤头鹦鹉（cockatoo），鹦形目凤头鹦鹉科，该科有21种鹦鹉，多数种类的凤头鹦鹉是白色的。主要生活在澳大利亚，喙为半月形，头上有冠羽。嘴非常坚实，可以啄碎硬果壳，还能挖出树根。

59.原文是"parrot"，译者处理成一种南美洲极为常见的鹦鹉的名称，与其他两个区别开来。

60.长尾鹦鹉（parakeet /parrakeet），鹦形目鹦鹉科，共有5种亚种。鸟体为绿色，喉咙、胸部和腹部为黄绿色。以其学舌能力强而著称。

61.琉璃繁缕（pimpernel），报春花科琉璃繁缕属（海绿属），别名"海绿"、"四念癀"、"龙吐珠"、"九龙吐珠"，一年生葡匐柔弱草本，叶子椭圆，开红、蓝、紫、白色小花。在我国福建、台湾、华南沿海地区及欧美等地都很常见，多生于荒野滨海地区。阴雨天花朵会闭合，被称做"穷人的晴雨表"。平时，花朵大约会在下午两点闭合。全草有毒，可刺激肠道并麻痹神经系统，但据说适量使用可治毒蛇、狂犬咬伤。

62.此处最符合描述的应是女王凤凰螺（The Queen Conch），学名"Strombus gigas"，属于腹足纲凤凰螺超科凤凰螺科，壳体呈淡黄褐色或金黄色，成贝有一宽大外张的外唇，壳口多呈鲜粉红色，亦称"粉红凤凰螺"（Pink Conch）。主要分布于加勒比海区，成贝体长15~31厘米，纪录上最大的达35厘米，是最大型的软体动物之一，雌雄异体，平均寿命为20~30岁，吃浮游生物，习惯聚居于浅海海草坪和砂底。维多利亚时代，人们常用船把这种海螺的外壳大批运往英国，用于生产瓷器或制作装饰品。螺肉鲜美可食，加勒比当地居民常会在食用前先在尖端开个洞，看是否有海螺珍珠——孔克珠，这种珍珠的颜色多为浅玫瑰色、鲜粉红色，表面有鲜亮的火焰状光彩。

63.月见草（evening primrose），学名"Oenothera biennis"，柳叶菜科月见草属二年生草本植物，别称"山芝麻"，原产北美洲。株高1~1.5米，全株被毛。夜晚开淡黄色花朵，花期7~9月。种子里提取出来的油可供药用。

64.根据描述，这可能是一种旋花。旋花科约50属，1500种，广布全球，主产于美洲和亚洲的热带和亚热带。生长在南美，可能是旋花科番薯属的树牵牛，或旋花科月光花属的月光花等。

65.这里指英寻，英制水深单位，合6英尺或1.6288米。

66.递戟鲸（grampus），学名"虎鲸"，也叫"杀人鲸"，海豚科虎鲸属，是海豚科中体型最大的物种，成年虎鲸身长8~10米，体重9吨左右。背黑腹白，嘴巴细长，牙齿锋利，是企鹅、海豹等动物的天敌。

67.指容量为63~140加仑的大桶。

68.三趾鹬（sanderling），丘鹬科滨鹬属鸟类，学名"Calidris alba"，常见的冬候鸟、过境鸟，在北半球繁育，冬季飞至澳大利亚、新西兰。比其他滨鹬白，近灰色，体型略小（18~20厘米），肩羽、嘴、脚均为黑色，飞行时翼上具有白色宽纹，尾中央色暗，两侧白。特征为无后趾，飞行时发出尖厉的"喊噗、喊噗"声或流水般的声音。喜滨海沙滩，常随落潮在水边奔跑，拣食潮水冲刷出的小食物，有时独行但多喜群栖。

69.它很有可能是条南方羊鲷（Sheepshead），学名"Archosargus probatocephalus"，鲷科羊鲷属鱼类，别名"罪犯鱼"（Convict Fish），很可能是因为它的黑白条纹很像囚服。体型大，体侧扁，牙齿坚硬，以牡蛎、蛤蚌及其他贝类和藤壶、招潮蟹等物为食，常生活在近海多水草的区域。

W.H.赫德逊年谱

W.H.赫德逊(William Henry Hudson)（1841年8月4日—1922年8月18日），作家、博物学家、鸟类学家。

1841 8月4日出生于阿根廷布宜诺斯艾利斯省基尔梅斯自治市，家在潘帕斯草原上的牧场。据说十英里外就能看到当地25株百年商陆树排成一排的地标景致，所以该地被称为"二十五棵商陆树"。父亲丹尼尔·赫德逊和母亲凯瑟琳·赫德逊（娘家姓肯布尔）都是从英国到北美新大陆移民的后代，其父因肺病从寒冷的美国新英格兰地区举家迁居到温暖的阿根廷，在潘帕斯草原上购置一片牧场安居。W.H.赫德逊有两个哥哥，一个弟弟，一个妹妹，二哥埃德温比他大5岁。家中有三四百册藏书。

1856 15岁，在卫生状况不佳的布宜诺斯艾利斯住了四五个星期，回家后发了高烧，确诊为斑疹伤寒，仅靠母亲的护理和药物知识，三周后终于死里逃生，8月好转。

1857 父亲的牧羊业收益不佳，不得不卖掉土地开了商店，后又关掉店铺，在贫瘠土地上种植土豆。一家人成了穷人，返回原来的老家。仲冬的一天，他负责从几里外赶牛回家，路遇狂风暴雨，靴子灌满雨水，双脚失去知觉，造成了风湿性热病和长期身体虚弱，心脏经常数小时地剧痛和猛跳。接受了那里几乎所有英国医生的治疗，但无法完全康复，被医生认定"心脏随时可能停止跳动"。

1866 25岁，开始受雇于美国史密森学会（The Smithsonian Institution），从家乡潘帕斯草原起步，去往阿根廷各地，后又骑马远赴巴西、乌拉圭[1]和巴哥塔尼亚，收集了许多南美鸟类标本，其中赫氏黑霸鹟（Hudson's Black Tyrant）和赫氏卡纳灶鸟（Hudson's Canastero）两种鸟以他的名字命名。他常在野外跋涉数月，甚至在草丛中过夜。他送往美国史密森学会的鸟类标本又被送到英国动物学会，以此为契机开始应邀为英国动物学会的会刊撰写鸟类相关文章。不久后，他被授予"英国动物学会准会员"称号。

1868　父亲丹尼尔·赫德逊过世。此时家里已经因为经营不善濒临破产。之后几年，兄弟姐妹们各奔东西。

1869　5月初他移居英国伦敦，在此孤独度过很多年，远离乡野，生活贫困。

1874　4月，登上开往南安普敦的船只，定居英国。

1885　出版第一部小说《英格兰失去的紫色土地：在南美拉普拉塔河东岸区的旅游和历险》（ *The Purple Land that England Lost: Travels and Adventures in the Banda Oriental, South America* ），中文简译《紫土》。此书是关于拉普拉塔河东岸区的，描写了军官们用200名士兵换取乌拉圭独立的事件。海明威在《太阳依旧升起》中提到此书。

1887　出版了反乌托邦性质的科幻小说《水晶时代》（ *A Crystal Age* ）。

1888　与菲利普·路特利·斯克莱特[2]合著出版《阿根廷鸟类学I》（ *Argentine Ornithology I* ）。

1889　与菲利普·斯克莱特合著出版《阿根廷鸟类学II》（ *Rgentine Ornithology II* ）。这套书奠定了他鸟类学家的地位。2月，英国皇家鸟类保护协会（RSPB, the Royal Society for the Protection of Birds）成立，赫德森是创始人之一。

1892　以亨利·哈福德为笔名出版小说《璠：一个小女孩的生活故事》（ *Fan: The Story of a You ng Girl's Life* ）。

1892　出版作品《拉普拉塔地区的博物学家》（ *The Naturalist in la Plata* ），巩固了他鸟类学家的地位。

1893　出版散文集《在巴塔哥尼亚的悠闲岁月》（ *Idle Days in Patagonia* ），描写自己孤身一人与一条狗为伴，骑马在罗纳格罗的荒野中跋涉的经历。

1893　出版鸟类研究书籍《乡村的鸟》（ *Birds in a Village* ）。

1894　出版鸟类研究小册子《消失的英国鸟类》（ *Lost British Birds* ）。

1895　出版鸟类学专著《英国鸟类》（ *British Birds* ）。

1896　出版《鹗，或白鹭鸶和白鹭》（ *Osprey, or, Egrets and Aigrettes* ）。

1898　出版鸟类研究书籍《伦敦的鸟》，是《乡村的鸟》的姊妹篇。

1900　遇见一位英国女子（她在伦敦拥有一套租赁房，有房租收益），与她结婚，同年加入英国国籍。出版散文集《丘陵地带的自然风光》（ *Nature in Downland* ）。

1901 出版散文集《鸟与人》（ *Birds and Man* ）。政治家爱德华·格雷爵士钦慕他在鸟类学方面的成就，为他争取了每年150英镑的养老金。

1902 出版短篇小说集《商陆树》（ *El Ombu* ）。

1903 出版《汉普郡的岁月》（ *Hampshire Days* ）。

1904 出版了他最著名的小说作品《绿色大厦：一部热带雨林罗曼史》（ *Green Mansions: A Romance of the Tropical Forest* ），一部描写主人公与南美大森林里半人半鸟的鸟姑娘里玛相恋的异国风情罗曼史。

1905 出版《一个丢失的小男孩》（ *A Little Boy Lost* ）。

1908 出版《兰兹角：一个博物学家的西康沃尔印象》（ *Land's End: A Naturalist's Impressions in West Cornwall* ）。

1909 出版自然游记《徒步英格兰》（ *Afoot in England* ）。

1910 出版《一个牧人的生活：威尔特郡南部丘陵印象》（ *A Shepherd's Life: Impressions of the South Wiltshire Downs* ），此书以英国自然散文三大家之一理查德·杰弗里斯[1]的家乡威尔特郡乡村为背景。

1913 出版《鸟界探奇》（ *Adventures Among Birds* ），主要写他历年旅行英格兰各地观察鸟类的经历和成果。

1915 11月的一天傍晚，他从伦敦来到南方海滨。因身体状况不佳，又在东风直吹的海滨马路上徘徊太久，生了一场重病，卧床不起达6周之久，期间回忆起童年时代，用铅笔和拍纸簿写作不停，完成了自传《远方和往昔》（ *Far Away and Long Ago: A History of My Early Life* ）的初稿。

1916 出版《潘帕斯草原上的传说》（ *Tales of the Pampas* ）。

1917 在美国出版《一个丢失的小男孩》（ *A Little Boy Lost* ），该版本即本书译者参考的原著。

1918 出版了著名的自传《远方和往昔》，追忆在南美潘帕斯大草原度过的童年。其童年回忆在《马丁的流浪》中也多有映射。这部极负盛名的童年回忆录被《朗曼英国文学指南》称为现代自传文学中"罕有伦比"的作品。赫德逊在他1917年12月14日致评论家爱德华·加内特[4]的信里这样写道：

"这本书真正的趣味是对自然和野生动物的情感，它是一种激情，超越一个人对人事的兴趣，只有内心拥有这种激情的人，这本书才会吸引他们。"

1919 出版作品《博物学家手册》（*The Book of a Naturalist*）。

1919 出版作品《城里的鸟和乡村的鸟》（*Birds in Town and Village*）。

1920 出版二卷本《拉普拉塔地区的鸟类》（*Birds of La Plata*）。

1921 出版《细物历险》（*A Traveller in Little Things*）。

1921 散文《倦旅人》（*Tired Traveller*）发表。

1922 发表散文《伦敦的海鸥：它们为何来到城里》（*Seagulls in London: Why They Took to Coming to Town*）。

1922 出版《里士满公园的雌鹿》（*Hind in Richmond Park*）。

1922 8月18日他在伦敦的寓所去世，无人陪伴。葬在英格兰西苏克塞斯郡沃辛市的布罗德沃特公墓。他的墓志铭记录了他对鸟类和绿地的热爱。

1.乌拉圭的名称Uruguay来自当地土著语Guaraní，意为"色彩鲜丽的飞鸟的河流"。

2.Philip Lutley Sclater（1829年11月4日－1913年7月27日），英国律师、动物学家，在鸟类学方面尤其专业，奠定了世界动物分布方面的主要框架。有相当多的动植物由他发现并命名。1860~1902期间一直担任伦敦动物学会的秘书。

3.Richard Jefferies（1848-1887），英国作家、博物学家，生于英国威尔特郡东北丘陵地区一个名叫科特的小村庄。一生著有20余部作品，其中大部分是描写自然景象和乡村生活的散文。早在1904年就有人将他誉为"英国19世纪最著名的自然散文作家"，赫德逊非常崇拜他。

4.Edward Garnett（1868-1937），英国作家、评论家、文学编辑，在他的助力下D.H.劳伦斯的《儿子与情人》得以付梓。他也是赫德逊的责编之一，两人书信来往较多。他在1923年出版了《赫德逊来信，1901-1922》（*Letters from W. H. Hudson, 1901-1922*）。其父理查德·加内特是作家、大英博物馆馆员，其妻康斯坦丝·加内特是知名的俄国文学译者，其子大卫·加内特是作家。